使嗾犯（しそうはん）

捜査一課女管理官

松嶋智左

角川春樹事務所

S県は本州中部地方南部に位置する県で、自然はふんだんにある。

日本一の名峰が作り出す景観は県の誇りで、季節問わず多くの観光客を招き寄せる。南に下った先の半島は景勝地としても有名で、登山やハイキングだけでなく温泉を楽しむ人々でも賑(にぎ)わう。

首都圏ではないが新幹線の停車駅もあるから大阪へも東京へも充分、通勤圏内だ。ただ、その利便性が災いして、若者が大都市に流出してしまうという事態も招いていた。

人口は県庁所在地であるS市や県第一の都市であるH駅周辺に集中し、少し離ればほとんどが農村、山岳地帯になる。茶畑や果樹園は美しく癒(いや)される景色なのだが、やはり住民の高齢化、人口減少は大きな問題だった。

H郡辰泊(たつどまり)町も丘陵地帯に属し、地域のほとんどが山林で人口はおよそ五千人、世帯数は千九百を僅(わず)かに超える。町立の小学校が二つと中学校がひとつあって、高校はない。町を貫通する市道と並行して一級河川が流れ、中心部に近いところに辰泊小学校の三階建て校舎がある。ひとクラスおよそ三十人前後で、全校合わせても児童数は四百人に満たない。もうひとつある小学校は、学年も合併していて人数もしれている。間もなく辰泊小学校と統合されることになっていた。

松岡慎一（まつおかしんいち）は辰泊小学校の六年一組の学級委員だ。一組の教室は三階の階段の東側で、奥隣には二組がある。階段の西側は五年生の教室が二つ並ぶ。

慎一はホームルームが始まる直前、廊下を三人の男児が二組の方へと駆けて行くのを見た。先生がくる前に教室に入ろうと必死なのだろう。先頭を笑いながら走っていたのは滝藤和也（たきとうかずや）で、後ろの二人は和也の子分だった。

和也はいうなれば六年のボス的存在だ。家は古くからある農家だが、土地や山林を多く持っていたこともあって近隣では裕福な方だった。和也の持ちものや着るものは、H市のものでなく東京で買ったものがほとんどだといわれている。そのせいか子分のように同級生を従えて、ちょっと偉そうに振舞っていた。

「あれ？」

廊下を一人の男児が、ふらふらと二組へ向かっているのが見えた。

「戸浦樹（とうらいつき）だ」と誰（だれ）かが呟（つぶや）く。慎一も、今にも泣きそうな横顔を見て、そうだと気づいた。

樹も同じ六年生だ。川の上流に祖父母の家があって、今年の初め、息子一家が同居することになったとかで、樹が転入してきた。

戸浦家も昔から専業農家だったが、樹の父親はそんな暮らしを嫌って、名古屋の大学に進んだ。だけど、仕事が見つからず、アルバイトばかりしていたときに、恋人が妊娠して結婚したらしい。樹が生まれ、しばらくは名古屋で暮らしていたが、生活が立ち行かなくなり、実家に戻ってきた——。

慎一の両親が、どこからかそんな話を仕入れてきて、夕飯時の話題にしたのだった。慎一の父が、樹の父親と同級生だったことをそのとき初めて知った。それから時折、樹一家のことが食卓で話題に上った。

「和貴のやつ、畑仕事がダルイってS市で仕事を見つけたそうだ。なんだか怪しげな金融会社みたいだぞ。大丈夫なのかね」

「奥さんのあき乃さん、この頃、付き合いが悪いのよ。やっぱり、あたしらみたいな田舎者とは話が合わないのかしらね」

「このあいだ、和貴とあき乃さん、派手な喧嘩したそうだな。戸浦のジイサン、バアサンともうまくいってないんだろ?」

「ちょっとちょっと、聞いた?　あき乃さん、高江町のスナックに勤めに出ているんですって」

そんな両親のやり取りを慎一が耳にするのだから、戸浦家の家庭の事情は、辰泊町ではたちまち大勢の知ることになった。それはつまり、先生や同級生らにも知られるということで、転校生であることもあって、樹は居心地の悪い思いをしているだろうと慎一は気の毒に思った。

ただ、そのせいで樹が滝藤和也から苛(いじ)めを受けることになったのかはわからない。クラスメイトにしても、和也がどうして樹のような子を気にするのか不思議に思ったのではないか。だけど、和也がそうと決めたのなら周りの子どもは理由など関係なく従う。和也は仲間と共に樹に嫌がらせを始め、それはどんどんエスカレートしていった。あるとき慎一は、酷(ひど)い苛めを目にした。

町役場の近くの三階建てのビルには塾がある。慎一は小学三年のときから通っていて、和也はもちろん、小学校、中学校の児童、生徒の多くが通っている。名古屋や東京からきた先生が教えてくれるというので、人気のある塾だった。そこに戸浦樹も通うようになった。

塾の帰り道、慎一は、樹がまた和也とその取り巻きに小突かれているのを見かけた。知らない顔をして通り過ぎようとしたとき、樹が派手に喚(わめ)き出した。びっくりして見ると、和也とその仲間が樹を羽交い締めにして、ズボンだけでなくパンツまで引き下ろし、下半身を晒(さら)そうとしていたのだ。見ていた塾生のなかには、同じ辰泊小学校の六年生も多くいた。六年で一番可愛(かわい)いといわれる女子もいた。樹が大事なところを手で隠しながら、パンツを返してと和也を追い駆ける。顔は涙でぐしゃぐしゃだった。和也がバカ笑いしながら、樹のパンツを近くを流れる川に放り投げた。

慎一もさすがに和也はやり過ぎだと思ったけれど、関わりたくないと思ってその場を離れることにした。樹の後ろを通り過ぎる。慎一は気になってちょっと先で振り返った。ガードレールから川を見下ろす樹の横顔が、なんだか変な気がした。涙で顔は光っていて、目は死んだ魚のように感情もなにも映していない。なのに、口元が微かに笑っているように見えた。たぶん、見間違いだろうけど。

翌日、樹は小学校を休んだようだ。慎一は気になったので、次の日も教室まで見に行った。樹の姿を窓際の席に見つけるが、特に変わったところもないようで安心した。ただ、樹の側には誰もおらず、一人ぼうっと座って動かない感じがまるで人形のようだなと、慎一は思ったのだった。

それから十日後の十月二十一日月曜日に事件は起きた。

朝、いつものように学校の門の前で、当番の先生が出迎えてくれる。慎一も、「おはようございます」といって門を潜った。チャイムの音が鳴り響いて、児童が駆け足で教室になだれ込む。慎一は、「早く、早く」と急かし、全員が席に着いたのを確認して自分の椅子に座った。それから先生がやってくるまでの、ほんの僅かなあいだが一番賑やかかもしれない。

そんなとき、突然、近くから爆竹が破裂するような音が聞こえた。

慎一だけでなく、児童の何人かが動きを止めて目をぱちくりさせる。その音は廊下の突き当たり、隣の二組の方から聞こえた。なんだろうと思っていると、誰かの叫ぶような声が響いた。慎一は驚いて、廊下側の窓に走り寄って顔を突き出した。他の児童もみな鈴なりになる。なかには廊下に出て眺める者もいた。

「あ、戸浦樹だ」

「なにしてんだろ」

そんな声が聞こえて慎一は首を伸ばした。二組の教室前の廊下に樹が一人で立っている。なんだかおかしい。もともと二重の大きな目をしていたが、それが今にも眼球が転がり落ちそうなほどに見開かれている。短く刈り込んだ頭から顔にかけて、てかてかと光って見える。どうやら汗のようだ。おまけに鼻水まで垂らしている。口は半開きで息苦しいのか、胸を細かく上下させて必死で呼吸しているように見えた。顔色はホワイトボードのように真っ白だ。具合でも悪いのだろうか。

樹は手になにか黒いものを持っていた。

「和也っ」

いきなり階段の方から大声がした。二組のクラス担任が大声で叫んだのだ。その声の大きさに慎一もみんなも驚いたが、なぜ和也と呼んだのだろう。不思議に思って更に首を伸ばすと、樹と向き合うように廊下の教室側に滝藤和也の姿があった。近くには和也といつもつるんでいる男児が二人立っている。なんだ、また苛めでもしていたのかと思ったが、様子が変だ。

ここからだと顔こそ見えないが、和也は前屈みになってお腹を両手で押さえているのがわかった。仲間の二人はそんな和也を見もせずに、樹の方に顔を向けている。やがて和也がゆっくり廊下に倒れ込むのが見えた。そのままゴロンと仰向けになると甲高い声で、「痛いっ、痛いよぉーっ」と叫び出し、床の上を転がり始める。その拍子に和也の顔が見えた。青ざめ、樹と同じように汗をかいていたが泣いてはいない。口から涎を出しながら叫び続ける。和也の周辺の床に赤い点々が見えた。教師がばたばたと走り出す。二組の女子が悲鳴を上げた。五年生の教室からも声がし始める。その騒ぎに反応したかのように、黒い塊が樹の手から落ちたのが見えた。

慎一は目を凝らす。「え、あれって、もしかして」

テレビでよく見るものだ。ついこのあいだもアニメの主役が片手で振り回し、格好良く乱射していた。あれは、たぶん拳銃だ。そのときになってようやく、最初に聞いた音が拳銃の発射音だと気づいた。

まさか本物？　まさか。

先生が二人、倒れた和也に取りついた。五年の担任が廊下を走ってきて様子を目にするなり、背を返して走り出す。職員室に行くのだろうか。走りながらスマホを片手に、救急車、救急車と呪文のように呟いているのが聞こえた。屈み込んでいたクラス担任が、そおっと樹の足下に手を伸ばす。樹の顔を見ながら、恐る恐るという風だ。そうして、落ちていた拳銃を指先で引き寄せるとそのまま脱いだベストでくるんで抱えた。

間もなく校長や他の学年の先生、養護の先生もやってくる。みな倒れた和也に駆け寄る。樹のことはほったらかしだ。なんだか気の毒な気がしてずっと見ていたら、樹が突然、奇声を上げた。慎一はひっくり返りそうなほど驚いた。

近くにいた先生も全員、短い悲鳴を上げて体を跳ね上がらせる。養護の先生などは尻もちまでつく。担任の先生ですら樹の側に近づこうとしない。

樹がずるずると廊下に座り込んで、ぼろぼろと涙をこぼし始めた。ズボンの股間が黒く色を変えてゆく。慎一には、漏らしたのだとわかった。

1

「捜査本部を邑根警察署に置く」

県警本部捜査一課の友川課長が告げた。

事件の起きた辰泊町には駐在所のみで、H郡を所管するのが邑根市だ。

「県警本部からはそれほど離れていない。離れてはいないが辺鄙なところだ。うちからはひとまず一課の三苫班に出張ってもらう。風石管理官」

友川が顔を向ける。

「はい」

マリエは自席で直立し、友川の顔を見つめた。

「管理官として初の捜査本部案件だ。指揮を頼む」

「了解しました」

「いうまでもないが、事案が事案だけに世間は注目しているし、マスコミも大挙している。進捗状況は本部が集約し、発表もこちらで随時行うことにしている。署での会見は基本、しないことになるが、それでも記者連中はうるさくまとわりつくだろう。あからさまなシャットアウトは余計な摩擦を生むから、その辺の加減も任せることになるが」

そういって言葉を切ったので、すかさず、「大丈夫です」と答える。

マリエは軽く頭を下げて席に着く。そして前の島の班長席に座る三苫の、微動だにしない背に視線を投げ、再び友川へと顔を向けた。

風石マリエは今年、四十五歳。大卒で拝命し、所轄の経験を経て、警視となった。特別早くもないが遅い昇進でもない。十月一日付けで所轄の刑事課長から、県警本部刑事部捜査一課管理官に異動となった。捜査一課長も同じ警視だが、期も年齢も上で経験も積んでいる。

マリエは警視になってまだ一年。新米というわけだが、通常、新任警視は大きな所轄の課長などで幹部職を経験し、そこで問題なく、それなりの手腕を認められて県警本部の管理官となる。以前にはなかった役職だが、今は警視も区別化を図り、刑事部では現場、つまり捜査本部を指揮する役割を担う。いわゆる捜査本部長だ。そこで更に実績を積んだのち、晴れて所属長級の警視となることができる。そうなれば本部の課長職、または警察の施設の長、所轄の副署長などに就くことができ、本部と所轄のあいだを異動しているうち、署長の席が回ってくれば所属長になれるということだ。とはいえ、署の数はしれている。次のステップに行くまでは、一課長の側で管理官として仕事を覚えることになる。

マリエはここにくる前は、S警察署の刑事課長を務めていた。男性の独壇場であった刑事部にも今や女性刑事や女性上司は珍しくない。当然、刑事部の管理官も女性で構わないということになる。指揮官の立場であるから、本来、現場に出ることはあまりない。だが、刑事経験もあるマリエは、常に外に出る場合を想定し、黒のパンツスーツを着用している。外出するときは、必ず男性の部下がつくことになるから問題はない。

三十代で会社員の夫と結婚したあと、刑事課に配属になり、事件捜査を覚えた。忙しかったからでもないが、子どもはもてなかった。ただ夫婦二人の気楽な暮らしのせいもあってか、その後もずっと刑事畑を歩くことになった。そのため一課の管理官になったのだろうが、マリエ自身、刑事に拘って(こだわ)いるわけではない。もちろん、本部刑事部の管理官は名誉なことでもある。警部までは試験で上がれるが、そこから先は能力に応じた選考で色んな思惑が加味されるから、しくじったり、敵を作ったりすればそれだけ昇任が遅れる。理不尽だという気持ちはあるが、試験だけで幹部を作るのも問題ないとはいえない。

マリエはたまたま刑事の道に入って、それなりに結果を出した。それが認められたことは嬉(うれ)しいが、一課長が目標ではない。本部の部長職はキャリアだから、ノンキャリが行き着くのは課長職。上には部長や本部長がいて宮仕えは変わらない。なるのなら所属長だ。ひとつの署をまるごと任される。本部指導は入るが、署長は署に一人きりであとは全て(すべ)部下。自分のやりたい仕事が遠慮なくできる気がする。署長になったなら、とマリエなりに思い描いていることがある。もちろん、誰にも話していない。夫にもいっていないから、どうしてそんなに頑張るのだと不思議がられたりする。

今どきは出世を望むのに男も女もないが、男性職員が九〇パーセント近くを占める組織なら、階級を上げてゆく女性を、男女共同参画の一環として優遇されているだけで端から別物と考える者もいるだろう。それがゆえに、ヘタに昇任欲を見せたりすると調子に乗っているなどといわれ、不必要な摩擦を招く恐れがある。

上司である一課長の友川がマリエをどう感じているのかまだしれないのだが、赴任してからなんとなく距離を置かれている気はしていた。

友川侑一郎は長身で中肉、面長の顔に一見温和そうなどんぐり眼で馬を思わせた。だが、馬は馬でも悍馬で、刑事畑ひと筋できた人だけにこだわりも強く、上層部と揉めることもしばしばだそう。そんな噂が本部にくる前から耳に入っていた。

とはいえ上に嫌われる友川も、部下にはありがたがられていた。一課には、三苫警部と久地警部の率いる二つの班があるが、その二人の班長とは打ち解けた態度を見せ、両班長も一課長に懐いている様子だ。翻ってマリエにはどこか事務的になるのは、一緒に働き出してまだ間がないから、と思うようにしているのだがどうだろう。

今回の捜査本部の指揮を任せるといったあとの言葉を聞いて、ふとそんな思いが過った。

友川は、マリエを見ずに付け足した。

「今回は被疑者が小学生であることから、うちだけでなく生安部人身安全少年課及び組織犯罪対策課との合同となる。組対課からは筒井管理官に、風石管理官の補佐として入ってもらう」

　マリエは表情を変えずに、はい、と返事した。

　管理官が二人？　補佐といっても相手は同じ警視で組織犯罪対策課。筒井は確かマリエより五つ期が上のいかにも昔の丸暴タイプの刑事だ。一課が主導となるから、マリエの補佐という形を取ったのだろうが、ヘタをすれば頭越しに仕切られるかもしれないと、胸の奥がざわついた。マリエは鼻から息を吸いゆっくり吐き出す。そして資料を手にしてざっと目を通してから、三苫班の島へと目を向けた。

2

「おお、なんとも香ばしい、この景色」

　野添（のぞえ）が、捜査本部の設置された邑根署三階にある会議室の窓から外を眺めながら呟く。独り言とは思えない大きな声に、作業していた所轄刑事や警務課の職員が思わず苦笑した。なかの一人が野添を知っているのか側に行って、「なにいってんだ。これでもまだ都会の方だぞ。辰泊町に行ってみろ。猿が自販機の横でタバコ吸ってても違和感ないんだからな」と酷いことをいう。

「そうなんですか。僕は都会っ子だから、猿は嫌だなぁ。鄙（ひな）びたところなら半島の方が良かったかもですね」

俺だってそっちに行きたいよ、と所轄刑事が嘆く声を出すのに、野添だけでなく署員までもが噴き出す。

マリエは雛壇から、そんな様子を見て人差し指で顎を軽く撫でる。

野添聖巡査部長。年齢は確か三十前後だったか。何年か前に一課にいたときは巡査長で、当時の班長である後藤警部の下で働いていた。昇任して一旦は所轄に出たが、昨年、本部に戻ってきた。いわゆる出戻りで、古巣に異動するというのだから余程、優秀なのだろう。人懐っこい容貌と態度で、誰とでも気さくに話ができる。

三苦班長は以前いた後藤班長とは面識がないらしいが、なぜか後藤と同じように野添のことを秋田犬と呼ぶ。秋田県出身でも犬好きでもないそうで、意味はわからない。マリエにしてみれば、むしろ柴犬に近いような気がするが、他の課員も納得している風だった。

「どうしました、管理官」と三苦がすかさず問う。いいえ、といってすぐに顔を上げ、目の前に立つ男と相対した。

一課にある二つの班のうちのひとつを仕切る三苦祥元警部。年齢は四十四で、マリエの一期下だ。班長を務めて三年目を迎える。中背で小太り、丸顔で愛嬌のある容貌だが、人を睨むときの目つきが凄まじく、誰もかれもが気安く声をかけられる人物ではない。噂では久地警部とは同期で二人は対照的な人物らしい。友川の話によると、ともに冷静沈着なタイプに見えるが、三苫は本質を突き詰める哲学的思考で、久地は事実に基づく具体的思考の持ち主とか。マリエにはどちらもイメージし辛いが、ともかく一課長が二人を信頼しているのだけは間違いない。すなわち、マリエの使い方次第で評価が大きく変わるということでもある。

「所轄との班組はこれでよろしいですね」とマリエの前の長テーブルにＡ４用紙を置く。

「構いません。ただ、組対と少年はどうしますか」

「そっちはそっちで頼むつもりですが」と三苫が言葉を止める。マリエが眉を寄せるのに気づいたのだろう。すぐにマリエは回答する。

「筒井管理官と話を詰めてから再検討でいいですね」

「結構です」

部屋がざわついた。後ろの出入口から揃えたような紺色のスーツ姿が五人現れた。なんとなくみな道を譲るかのように一歩下がる。先頭をきって正面へと近づいてくる大柄な男が片手を挙げた。

「よお、三苫」

三苫は姿勢を正し、室内の敬礼をする。「お疲れさまです」

階級が上だから礼儀正しくするのは当然だが、三苫はあまり関わりたくないのかすぐに顔を俯け、マリエの前から離れた。お陰で座っているマリエと向き合う形になった。

「風石管理官、よろしく頼みます」

筒井が先に腰を折る。マリエは慌てて立ち上がり、浅く頭を下げる。一応、マリエが捜査本部の指揮官だ。

「こちらこそ筒井管理官。不慣れですのでご教示お願いします」

同じ警視でも向こうは五十歳で年季が入っている。とっくにどこかの副署長に出ていて良さそうなのに、今も組対課の管理官を務める。この筒井なら所轄に出たとしても、戻れば次は組織犯罪対策課の課長という席もあるだろうに、現場にいたいといって異動を拒んでいるという話だ。そんな勝手が許されるとは思えないが、そう思わされるだけのものがこの男にはあった。組対での活躍は有名で、今も語り継がれているのが、ずい分前に県内で長くのさばっていた組の幹部を追いつめ、多くの組員と共に法廷に引きずり出した案件だ。お陰で今はこの組も精彩を欠き、いずれどこかに吸収されるか解散するだろうといわれている。

一九〇センチを超すという長身で、鍛えているわけでもないらしいのに筋肉がつくべきところについている。四角い顔に太い眉、薄い唇、尖った目。絵に描いたような悪役顔だ。若手のように走り回ることはできないが、繁華街で恫喝すれば脛に傷をもつ連中がネズミのように逃げ惑い、猫のように暗がりに身を潜めるといわれている。

筒井が雛壇のマリエの隣に腰を下ろす。組対課の若手らしい、巡査部長から警部補までの四人がすぐ前の席に陣取る。その後ろに三苫と野添ら一課の課員、その更に後ろに所轄の刑事が座る。

　マリエが時計を見ようと腕を上げかけたとき、「すんません」と前のドアを開けて入ってきた男がいた。マリエに目を合わせ、隣の筒井を見て僅かに頬（ほお）を固くし、すぐに室内の敬礼を取る。

「生安部人身安全少年課の佐原田（さはらだ）警部補です」

　佐原田は、ついて入ってきた女性を振り返り、「うちの板持（いたもち）巡査部長です」と紹介する。板持は三十代半ばくらい、ショートカットの髪に丸顔、丸い鼻、丸い目をして体型まで少し丸みを帯びている。容姿のことをどうこういう時代ではないが、若者や子どもには親しまれそうな雰囲気があった。白いシャツに紺色のパンツスーツ姿で深く頭を下げる。

「板持理世（りよ）です。よろしくお願いします」

「佐原田さんはこちらへ」といってマリエを挟んで、筒井と反対隣に座る邑根署長の向こう、一番端の席を指し示す。警部補ではあるが、応援なので前に座ってもらう。

「えっと板持さんは」といいかけると、声が上がる。目をやると野添が手を伸ばしてひらひら振っている。ここ空いてますよ、とまるでクラス委員みたいなことをいう。あちこちで軽い笑いが起き、そのなかを板持が頭を揺らしながら野添の方に向かった。

「では、捜査会議を始めます。わたしは今回、指揮を執ります管理官の風石マリエです。

こちらの組対課筒井管理官も、いえ、管理官には指揮の補助をお願いしています」

佐原田の顔を見て気が弛(ゆる)んだのか、いい間違えてしまった。筒井も同じ指揮官というわけにはいかない。あくまでもマリエの補佐という立場であることを筒井だけでなく、この場にいる全捜査員に認識してもらう筈(はず)だったのだが。しょっぱなからこれでは先が思いやられると自分自身に悪態を吐(つ)く。すぐに態勢を立て直す。

「では事件の詳細について、最初から説明してもらいます。三苫班長」

三苫が席を立ち、前に出てホワイトボードを指し示しながら口を開く。

マリエは手元の資料をぱらぱらと捲(めく)る。

被疑者が十一歳の児童であるというところでため息を吐くかのように部屋の空気が揺れ、使用された拳銃がグロック19であったというところでまた揺れた。軽量で引き金はダブルアクションタイプ。撃鉄を起こさなくてもいいから、トリガーに指さえ届けばある意味子どもでも扱える。マガジンに装弾されていたのは三発。この数が多いのか少ないのかは意見の分かれるところだ。それらの追加情報を聞いて、被弾した少年の怪我(けが)の写真を目にしてもマリエはまだ信じられない気持ちがある。小学生が銃で同級生を撃ったというのだ。

邑根署だけでなく、県警始まって以来の特殊事案ではないだろうか。署の前はもちろん一階も制止を振り切って入り込んだ記者やマスコミで溢(あふ)れ、所轄員らに怒号混じりに追い返されていた。署長の疲れた横顔を気の毒そうに見、その流れで視線を奥へとやった。

佐原田慶介はマリエの同期で同じ四十五歳。中肉中背で剣道の有段者。短髪に太い眉の下には温和そうな切れ長の目がある。警察学校で机を並べていたときは特別親しくはなかったが、その後、同じ所轄で刑事課と生安課で顔を合わせた。数少ない同期という気兼ねのなさがあって、飲みに行くようになり、仕事の話や上司の愚痴などをいい合う時間を重ねた。当時は独身だったこともあって、同期という心安さ以上のものを互いに意識するようになり、短いあいだだったが付き合ってもいた。その後、それぞれ異動し、佐原田が結婚したと風の噂に聞いて、翌年、マリエも紹介された一般人男性との結婚を決めた。

長く会わなくとも同期というのは特別で、どこにいても顔を合わせればすぐ昔に戻れる安心感がある。いつかどこかでまた逢えると期待していたが、佐原田の妻が子どもを残して亡くなったことを知ってから、その気持ちは急速に萎えた。幼い子どもを抱えた暮らしはさぞかし大変だろうと案じる気持ちはあったが、マリエが用もないのに近づくのははばかられた。署内に限らず、警察組織には案外と密な繋がりがある。知らないあいだにどんな噂が立てられているかしれたものではない。うかつなことはしてはならないと自分を戒め、何年かが過ぎた。

マリエは順調に昇進したが、佐原田は今も警部補だ。同期のあいだで階級は関係ないが、人の目のあるところではそうはいかない。ただ、捜査本部に加わってくれるのはありがたいし、心強く感じる。一方で、指揮をする自分の姿がどんな風に佐原田の目に映るかと意識したりもする。いやいや、そんなことにかかずらわっている場合かと、マリエは自身にいい聞かせた。

佐原田が視線を感じたのか目を上げ、マリエを見返す。そして微かに口元を弛めて頷(うなず)いた。

厄介なヤマだな。だが、少年事案なら俺らに任せろ、心配するな。

そういっているように思えた。マリエは肩の力を抜いて、また前を向く。

捜査会議が終わって、三々五々散り始める。三苦が立ち上がるのを見て声をかけた。すぐに振り返って、マリエの方に歩み寄る。

「班組の件ですけど」と声を小さくする。

「はい？」

三苦が訝(いぶか)る目を向けた。

「できればでいいんだけど、変えて欲しいところが」

「なんでしょう」

そういいながら三苦は、Ａ４の用紙を持ち上げた。

3

野添が、警護に立つ所轄の巡査に挨拶し、囁くようにして「風石管理官」と教える。制服警官はすぐさま背筋を伸ばし、マリエに向かって挙手の敬礼をした。頷きで返したあと、後ろにいる板持に視線を流す。板持がクリーム色のシャトルドアをノックし、返事を聞いてから銀色のアルミハンドルを横に引いた。

先に入って、高くも低くもない声で、「こんにちは、警察です。お邪魔します」と呼びかける。マリエもそっとあとに続き、野添が更に気配を消しながら部屋の隅に陣取った。

S市にある警察病院の個室だ。およそ四畳ほどだろうか。ベッドと床頭台、小さな応接セットにトイレがある。二人掛けのチェアには四十代くらいの女性が、ベッド脇のパイプ椅子には更に年配の女性が座っている。樹の母親と祖母だ。女性しかいないのは、今も父親と祖父が署で聴取を受けているからだった。事件後、家族にはひと通り話を聞いてはいたが、子どもが入院先で落ち着くのを確認したあと、更に詳しい聞き取りをするため呼んでいた。

女性しかいない病室であることを承知の上で、マリエは板持に戸浦樹の聴取をするよう指示をした。事件後すぐは興奮状態で、医師の判断もあって話ができなかった。二日経ってようやくの取り調べだ。筒井を始め、他の捜査員も行きたがったが、相手が小学生ということもあって少年課の板持とマリエ自身が出向くことにした。野添は運転手代わりでもある。

ベッドの上で戸浦樹は窓の方を向いて横たわっていた。

起きているのか眠っているのかわからないが、板持は警察手帳を部屋にいる二人の女性に見せて、小声で用件を伝える。母親は困った顔をし、祖母は怒ったような表情を浮かべた。

「樹くんとお話をさせていただいても構いませんか」

マリエはあくまで補助という形で、調べの主導権は板持が取る。

母親である戸浦あき乃は頷くが、祖母の清子(きよこ)は、「いかん。まだ具合が悪い」と唾(つば)を飛ばす。あき乃が恐る恐るという感じで、「でもお義母(かあ)さん、話を聞いてもらって樹だけが悪いわけでないことをはっきりさせてもらわないことには。このままだと相手からどんだけ賠償をせび、いえ、支払わないといけなくなるか」と声をかける。祖母は嫁を睨みつけ、金の心配か、と吐き出すようにいう。あき乃の顔色が変わるのを見て、すかさず板持が腰を折り、囁いた。

「大丈夫です。少しだけですし、樹くんの嫌がることはしませんので」

祖母が板持を見、マリエを見て、眉根をぐっと寄せたままベッドを振り返った。

「樹、樹。起きてるか。ちょっとだけこっち向けるか」

ベッドの上の体が動いた。起きて聞いていたようだ。十一歳ともなれば、大人の会話も大抵理解できる。賠償などという言葉の意味も、全くわからないわけではないだろう。

戸浦樹は、発砲したあとパニックを起こした。目の前で悲鳴を上げながら七転八倒する滝藤和也の姿を見て、自分がなにをしたのか理解した途端、錯乱状態に陥ったのだ。そのため撃たれた和也はもちろん、樹も救急車で運ばれることになった。

和也は腹部に被弾したが銃弾は脇腹をかすった程度で、大したことにはならずにすんだ。処置も、消毒してガーゼを当てた程度だと聞く。恐らく傷よりも、精神的なショックの方が大きいだろう。今も、邑根市内の病院に入院している。

一方の樹は搬送中から興奮状態で、こちらの方がダメージは大きいようだと誰もが感じたほどで、医師から話を聞くための許可がなかなか下りずにいた。両親と一緒に暮らす祖父母も駆けつけて警察が事情を説明すると、樹が拳銃など持っている筈がない、バカバカしいと端から信じようとせず、妙ないいがかりで子どもを尋問する気かと逆切れされた。とはいえ拳銃で人を撃ったのは間違いないことで、ホームルーム前の生徒が大勢いるなか、教師も目撃している。根気よく説明し、なんとか理解してもらうと今度は打ちのめされたような表情をした。祖母だけは最後まで抵抗し、孫を守るのは自分の役目とずっと病室に張りついている。その後、樹の両親や祖父が警察で聴取を受けたと聞かされ、さすがの祖母もことの重大さが理解できたのではないだろうか。丸一日様子を見、そろそろいいだろうという友川の判断もあって、マリエは戸浦樹の取り調べを決めた。

青白い顔がこちらを向く。

板持が目の高さを合わせるように床に膝をつき、名前と役職を名乗った。そして、滝藤和也が無事であること、みな驚いたけれど明日からまた学校が始まることなどを告げる。そして、悪いことしたよねと板持が樹の目を見つめながら、はっきりと口にした。黙ったまま樹は細かに震え出し、小さな目を潤ませる。祖母が割り込もうとするのをマリエはすかさず腕を広げて遮り、落ち着いてと声をかけた。

板持が柔らかく樹の腕を叩いて宥め、「教えてくれる？　どうしてあんなことしたのかな」と尋ねる。

樹が素早く布団を引き上げ、顔を覆った。それをゆっくり引き戻しながら、

「わたしや他の警察官が学校に行って、色々、訊いてみた。そうしたら滝藤くんが君を苛めていたって話が出たけど、そうなの？」という。幼い目から涙がこぼれ落ちる。

「滝藤くんのこと嫌いだった？」

顔が頷くように上下に揺れた。

「仕返ししてやろうと思った？」

今度は微かに左右に動く。板持が不思議そうな表情を作って、「じゃあ、びっくりさせようと思った？」というと、樹は、また左右に振った。

「どんな気持ちだったのか、教えてくれる？」

樹が長い逡巡のち、小さな声でなにか呟いた。マリエには聞こえず、板持があえて声

を大きくして繰り返した。

「苛めを止めてもらおうと思ったのね」

布団で半分隠れた樹の顔が頷いた。

「そうだったのね。それじゃあ、もうひとつ教えてくれる？　あの拳銃だけど、どうして樹くんが持っていたの？」

樹が布団を握ったまま、咳き込むようにしてしゃくり上げる。

「どこかで見つけた？　ネットに出てたとか？」

首を振ることはせずに、弱々しい声で板持に訊く。「僕、刑務所に行くの？」

板持が丸い顔いっぱいに笑顔を作り、「刑務所には行かないよ。でもね、良くないことしたんだから、大人や警察にはちゃんと説明しなくちゃいけないし、児童相談所というところからも人がきて色々尋ねると思う。そういうのきちんとやらないといけない」わかるでしょ、といってもう一度、問い直した。

「あの拳銃はどうしたの？」

樹が鼻水を拳で拭い取り、さっきよりは大きな声で答える。

「学校の帰り……、知らない人から渡された」

「男の人？　女の人？」

「男の人」

「どんな風にして渡されたのかな？　その人、なにかいった？」

樹は首を振る。「なんにもいわない。すれ違うとき、紙の袋を差し出されて、受け取ったらそのままどこかに行った」

「袋のなかを見たら拳銃だった？」

「うん。でも、本物とは思わなかった。オモチャだと思ったんだ。小さかったし」と口調が急に幼くなる。樹が所持していたグロックは確かに、女性が片手で操作できる大きさのものだった。重さは六四〇グラム程度だが拳銃を知らない者にしてみれば想像していたよりも軽く感じたのではないか。

「そっか。それで滝藤和也くんを怖がらせて、オモチャと思ってもおかしくない。だとすれば苛めを止めてもらおうと思ったんだ」

「うん。だってあいつ」といって口ごもる。

樹が二週間ほど前に、大勢の前で恥をかかされたこと、それ以前からも苛めのような仕打ちを受けていたことなどが聞き込みでわかっていた。板持は、軽く樹の手の甲を撫でて頷く。わかっているという風に。

野添と共にひと足先に病室を出たマリエは、すぐに捜査本部に連絡を入れた。すぐに鑑識から似顔絵係を回すよう三苫に指示する。

マリエは鑑識を待つという板持を残して、野添と共に邑根署に戻った。

捜査本部のある会議室に入るなり、雛壇へとつかつかと歩み寄る。そして、筒井の前に立つと、「筒井管理官、組対が把握している暴力団構成員のリストを提供してもらえますか」と声を張った。相手が同じ管理官とはいえ先輩だから、一応、お願いという形にしているが、実際は命令だとマリエはその目で訴える。

筒井が細い目を瞬かせ、四角い顔を子どものように傾けた。

「そんなもの役に立つかね。大都会ほどではないが、組の数だけでも結構あるんだ。それをいちいち調べていたんじゃ人手がいくつあっても足りない」

「もちろん、そのなかで拳銃を扱ったことのある組関係、特にグロックのような拳銃をさばいたことのある者、また、邑根市や辰泊町に土地鑑のある者などに限定してです」

「ま、そういうのはうちの本分だから、特定できたらお知らせしましょう」

マリエは開いた口を一旦閉じ、ひと呼吸置いて、お願いしますといった。

そして野添が三苫に、樹とのやり取りを説明し始めると、いきなり巨体が立ち上がって、マリエを驚かせた。どうやら樹の接触した相手は反社ではないかと、筒井は疑ったようだ。なにやら四人の部下とこそこそ話し出す。

それを横目で見ていると、外回りをしていた刑事が部屋に入ってきた。一課と所轄の二人組で、確か鑑取りを担当していた筈だが、三苫に呼ばれて戻ったという。

マリエが怪訝そうに三苫を見ると、「管理官は病院でしたので、戻られてからと思いました。ここに報告書にしてまとめています」と答える。

資料を雛壇のテーブルの上に置き、三苦が口頭で説明する。

「戸浦樹の母親、戸浦あき乃ですが、夏ごろから辰泊の隣にある高江町のスナックでアルバイトをしていまして、そこに反社らしき男が出入りしていることがわかりました」

「なんですって」

戻ってきた刑事が続ける。

「しかも常連客の話では二人は親密な様子で、なかには男女の関係だと疑っている者もいました」

高江町も辰泊町と同じく邑根署の管轄だ。昔はひとつの地域だったこともあってか、広さも町民の数も町そのものの雰囲気も似ている。

「そんな大事な報告なら、すぐに連絡してくれても良かったのに」といいかけた途端、目の端に筒井が人差し指を振るのが見えた。素早く部下が走り出る。高江町や辰泊町だけでなく近隣の町村、邑根市内で反社組織の構成員や半グレの洗い出しを命じたのだろう。勝手に自分の部下に指示を出し、独自に情報を得るつもりだ。

マリエは慌てて、待って、と叫ぶが、振り払うようにドアが音を立てて閉まる。筒井を睨むが、すいと視線を外された。

「うちも行きますよ」と三苦がいう。こちらもなにかいう前に、背を向けられた。野添が明るい声で、送り出す。

誰もがみな勝手に部屋を出て行く。しばし憮然としていたマリエだったが、諦めて自席に戻った。そして置いていった資料を引き寄せると、歯嚙みしながら文字を目で追い始める。

戸浦あき乃、三十八歳。夫は戸浦和貴、四十歳。樹を含めた三人は十か月ほど前に名古屋から和貴の実家である辰泊町に戻った。鑑取り班の調べでは、両親と同居しているのに和貴は茶畑の手伝いを厭うてか、S市内の金融会社に職を見つけて勤務している。残された妻は義父母と打ち解けないのか、若しくは和貴と同様、畑仕事が嫌なのか、三か月ほど前からスナックに勤め始めたとあった。

まだ端緒の段階なので詳しくはわからない。スナック「セカンド」は、ママが一人で切り回している小振りの店舗だ。くる客もほとんどが常連だろう。あき乃がバイトで入ってから若干増えたらしい、ということまではわかっている。そこに暴力団の構成員が飲みに通っている。それが果たしてあき乃と繫がるのか、もしそうなら樹の拳銃の出所は案外とシンプルだ。樹が学校で苛められていることは、母親なら知っている可能性は高い。母親から暴力団員の客にその話が伝わり――いや、いくらなんでもそんな理由で拳銃まで用意はしない。それともあき乃とその暴力団員は特別な関係なのだろうか。自分の力を誇示するために冗談半分で持ち出した？　にしても、子どもに拳銃を渡すことにどんな意味があるのか。オモチャだと騙し、撃つ真似をして脅してやれと唆した？　だが、そうなら銃刀法違反だけでなく傷害の教唆だ。ちょっと考えにくい。

ちらりと長テーブルの端に尻を乗せて書類を繰っている筒井の背中を見る。三苫とどちらが先に見つけてくるだろうか。マリエにしてみれば、同じ一課の三苫に味方したいところだが、指揮官ともなればそんな些末なことよりも一刻も早く事件を解決することが第一義だ。遅くなればなるほどマリエの評価が落ちてゆく。

「遅くなりました」と佐原田が顔を見せた。

佐原田は午前中、別件で本部に行くといっていたが、ようやく終わったらしい。板持が病院に残って鑑識が似顔絵を作る様子を見守ることは、連絡を取り合っていたのか知っていた。思わずマリエは、もしできたなら、といってしまう。佐原田がにっと笑って、「絵ができたら誰にも渡さず、真っすぐ持ち帰れといってます」というのに、マリエは顔を赤くした。筒井や野添の前で、なにを向きになっているのか。佐原田は知らん顔して、マリエの手元の資料に目を落とす。

「母親の店に暴力団ですか」

「え、ええ。そうらしいわ。鑑取りのお手柄よ。今、組対と三苫班長が追っている」

佐原田の表情を見て、どうかした？　と気安く訊いた。

「ああ、いや。その構成員の容姿素性がわからないとなんともいえないが」

「なに？　いって」

「ヤクザが通りすがりに子どもに紙袋を押しつけて、それを受け取るだろうか」

目の端に筒井の背中が揺れるのが見えた。マリエは続きを待つ。

「電話で板持に聴取の様子を訊いたとき」

「うん」

「戸浦樹は本当のことをいっているようには思えないといっていた」

「どういうこと」

隣に立つ野添を見ると、目を丸くして首を傾げている。マリエと同様、思いがけない話だったらしい。そんなマリエと野添に向かって、佐原田が軽く頷いてみせた。

「板持は少年係が長い。本部にきたのも所轄でその優秀さが認められたからで、その板持が樹と話していて違和感を持ったというんだ」

筒井の背中が微塵も動かない。耳をそばだてているのだが、今さら隠しても仕方ないから先を促す。

「それで？」

「確かに怯えて怖がっているが、拳銃を入手した方法を訊くと途端にすらすら喋り出した。よどみなく、まるで」

「前もって考えていたみたいに、ってこと？」

マリエは記憶をたぐって、樹の様子を思い返す。野添が目を尖らせ、腕を組んだ。更に佐原田が説明する。

「子どもが嘘を吐くのは不思議でもなんでもない。小学生なら優先順位をつけること自体難しいし、嘘が後々、更に困った事態になるなど予測できないだろう。ただ、それが自分で考えたのか、誰かの入れ知恵によるものか、そこが肝心だな」

他の捜査員がいないからか、佐原田の言葉遣いに気安さが滲む。

「誰かが嘘をいえと指示したってこと？」

「可能性はある。ただ、板持もどこからどこまでが作り話なのかは判断できないといっているから、なんともいえない。もっと話をするか、時間を置いて当たることが必要だろうな」

「じゃあ、似顔絵はどうなるんでしょう」野添が訊く。

「うん。それで板持が残ったんだ。説明する様子を見て、本当に知らない人間だったのか、それとも渡されたこと自体が嘘なのか見極めたいといっている」

「僕も病院に戻りましょうか」

野添がいうのに、マリエは少し考えて首を振った。「ここは板持さんに任せましょう。野添さんには別件をお願いします」

なんでしょう、と一歩近づく。マリエはホワイトボードに目をやりながら短く、「巡回」といった。

　野添が、「はい？」と目を瞬かせ、テーブルの端では筒井の肩が小さく揺れるのが見えた。

4

　辰泊町は大きくはない。その大きくない町でセンセーショナルな事件が起きた。たちまち人口が一・五倍に膨れ上がった。ほとんどがマスコミ、記者連中だ。川沿いの市道には腕章を付けた者が歩き回り、住民を手当たり次第呼び止めてマイクを向けている姿が見えた。そんな様子を見ながら、このままマスコミが町内を引っかき回す前に、事件発生の第一報の続きを一刻も早く発表できるようにしなくてはならないと感じていた。そんな焦る気持ちから巡回などということを思いついたわけでもない。筒井と一緒にいると、組対の刑事とこそこそ話をするたび聞き耳を立ててしまう自分に嫌気が差したこともある。ひとまず、辰泊という町を知ろうと考えた。

　ここを訪れるのは、マリエが警察学校の研修で各署を巡回したとき以来だ。古くから続く茶畑や果樹園を生業(なりわい)とする農家が多く、田や山林を持つ者もいる。それ以外に目ぼしい産業がなく、年々、人口は減少し、住民の高齢化が進んでいた。それでもまだ、小学校や中学校があるのだから、限界集落と化している他県の村々に比べればいい方だ。とはいえ、戸浦家のように都会からUターンして居着く若い世代はやはり珍しいといえる。

町としても喜んで受け入れることではあるが、家業のために仕方なく田舎に残っている人間からすれば面白くない気持ちもあるのではないか。自分の親や近所の者が悪くいうのを耳にし、子どもらが樹に反感を覚えるようになった、とか。

「ですが管理官、戸浦和貴はこの町の出身ですし、滝藤の両親とも同じ小、中で顔見知りです。お互いを話題にすることはあるでしょうけど、子ども同士の諍い（いさか）に発展するほどの悪意を抱くとは思えないですけどね」

「そうかな」

野添は邑根署の署員から借り受けた緑色のスズキのジムニーを運転しながら、隣に座るマリエを窺う（うかが）。

町のなかでは川に沿って走る市道が一番幅員がある。それでも片側一車線だ。それ以外はほとんど路地か山道で、未舗装の道も多い。邑根署員も、大きな車はかえって難儀するからと普段からバイクか軽四輪を使うらしい。捜査車両は出払っているからと、署員が厚意で私物の車を貸してくれた。ジムニーなら四輪駆動で、坂道でも荒れた山道でも行ける。

管理官のマリエは通常、移動の際は後部座席に座るが、軽四では前に座る方が楽だ。助手席からフロントガラス越しに、町内一繁華といわれる町役場の周辺を見やる。

「うーん」と野添が唸る。気持ちはわかる。これが一番賑やかなエリアなのか。市道と一車線道路が交差する信号のある交差点。その角に町役場があり、横並びに郵便局、自治会館、そして大北駐在所が建つ。反対の川沿いには店舗が連なり、その端に小ぎれいな三階建てのビルがあって、それが恐らく町で一番高い建物ではないか。一階はコンビニで二階は塾、三階は図書館分室と生涯学習センターがあるらしい。

「町で塾はあそこと隣の自治会館で定期的に開く教室の二か所で、小・中、結構な数の児童・生徒が通っているようです。特に進学塾の方は人気が高いみたいですね」

二階の窓ガラスに、『京東進学塾』と表示が貼られている。京大と東大という意味だろう。野添が、繁盛していると付け足すのを聞いて、それが若者を町外へ流出させることになるとは、住民は考えないのだと息を吐く。

「戸浦樹も滝藤和也も通っているところね」

「はい。多いときは三階の学習センターの部屋を借りるほどだということですから、当然、同じクラスの児童らも顔を合わせると思います」

「そこで和也による苛めが起きた。学校だと先生の目があるけど」

「はい。塾講師は基本、授業以外の責任は持ちませんからね」

「それもどうかと思うけど」

「地元の人間ならまた違ったかもしれませんが、講師のほとんどが余所からきているそうですし。なかには東京から移住した講師もいると聞きました」

「それだけ給料がいいってことなのね」

「ですね」

　その辺りの事情も、いずれ鑑取り班が調べ尽くしてくるだろう。塾のなかでの樹や和也の様子、講師の目から見た二人の関係、取り巻く環境など。

　マリエはひと回りしたあと、滝藤の家に向かうよう指示する。和也は入院しているが、家族はいる筈だ。確か、両親に祖母、弟の五人家族。弟も同じ小学校だ。学校は始まったが、弟はまだ登校していない。いや、できないのだということが、滝藤の家の近くまできてわかった。

　サイドウィンドウ越しに、滝藤家の門扉付近にできた人だかりを見つめる。テレビカメラも見える。被害者宅を撮ってどうするのだろうと思うが、苛めの話題はどこも大きく取り上げるし、このたびは拳銃発砲というとてつもない付録もついているのだ。ローカル局、地元ケーブルテレビだけでなく全国ネットの腕章も見える。

「どうしますか」

　野添がスピードを落として行き過ぎようとした。いきなりブレーキがかかり、マリエは思わず上半身を揺らす。すみませんというが、野添が前を睨みつけているのに気づいて視線の先を追う。車の前で若い女性が両手を広げて立ち塞(ふさ)がっているのが見えた。

白いタートルネックのセーターに紺色のジャケット、栗色のショートヘアに丸眼鏡の、一見幼そうな顔がマリエの方を向いている。首にネームストラップを下げているから恐らくマスコミ関係だろう。野添が舌打ちすると同時に、女性が助手席側に走り寄ってきて窓を指先で叩く。仕方なく五センチほど開けて、「危ないでしょう」というと、女性はすかさず窓から名刺を放り入れる。

「ファッション雑誌レイアンの真殿巴です。風石管理官ですよね。少しお話聞かせてもらえませんか」

マリエは膝に落ちた名刺をつまむと、「本部広報の発表を待って」といって窓を上げ始める。いきなり真殿が隙間に指を差し入れ、閉まらないようにした。

「ちょっと」マリエは怒りの滲んだ声を吐く。

「捜査一課に女性管理官は初めてですよね。しかも今回が最初のヤマ。どうですか、その辺の意気込みなどお聞かせいただけませんか」と真殿が早口でいった。警察のバンキシャでもないのにと訝しく思っていると、童顔には不似合いな不敵な笑みを浮かべる。

「ファッション誌ですから、警察とはあまり縁がないんです。ですから、女性目線というか、同じ女性の管理官にスポットを当てたいと考えています。うちの雑誌は幅広い年齢層に読まれており、特に働く女性が多いこともあって、管理官という仕事に興味を持っています。ですので、事件のことでなくともいいので」

「野添さん」

そう告げるなり、マリエはウィンドウを大きく開く。真殿が支えを失くした指を滑らせた隙を狙って野添が発進した。ルームミラーで窺うと、片手を伸ばして大きく振っている姿が目に入った。

「ファッション誌ですか」

「うん。わたしのことというより、子どもの事件だから母親らの注目度が上がると考えているんでしょう」

「なるほどね。管理官、このあとどうしますか」と訊く。この分では、恐らく事件に関係ある場所はどこも似たような有様だろう。

マリエは少し考え、「町内を一周しましょう」といった。捜査会議までまだ少し時間がある。野添が、「はい」といってハンドルを切った。

未舗装の道に入ってガタガタと上下に揺られる。初めての車ながら、上手に乗り回しているようだ。

マリエは、この野添聖巡査部長を所轄とのペアでなく、遊軍扱いにして欲しいと申し出た。三苦は初め、難色を示した。それはつまり、三苦も野添が優秀な刑事だと認めているということであり、それだからこそマリエは側に置いておきたかった。地取りや鑑取りにおける活躍を期待できなくなる恐れはあったが、それ以上の働きを見越した上での決断だ。

今回のような組対や生安との三つ巴の捜査本部では、三者を繋ぐ一本の糸が必要になる。その役に野添は相応しいような気がした。

初めての会議のとき、野添が板持にこっちにくるように手を振った。捜査本部に足を踏み入れた板持にしてみれば、筒井率いる組対や一課の連中のなかで右往左往する気持ちがあっただろう。そんななかでの野添のひょうきんな態度に救われたのではないか。実際、樹の聴取に野添も連れて行くといったとき、板持の表情には安堵が浮かんだ気がする。野添は知らずにしていることかもしれないが、誰にでもある特技ではない。

そしてもうひとつ。野添を使って、必要なときに必要な手を打つことができるからだ。

今のマリエは指揮官であり、部下の集めた情報を集約し、こうと思う方向へ舵を切るのが役目だ。通常ならなんの心配もない。だが、今回は何度もいうようだが三つの部署が入り組んでいる。特に筒井は同じ警視でも、向こうの方が先輩だ。年下で女性のマリエが指揮官面をしていることをよもや諸手を挙げて喜んでいるとは思えない。さっきも勝手に部下に指図して、戸浦あき乃に関わりのある反社を調べさせた。相手が暴力団なら組対の役回りかもしれないが、部署など関係なく捜査しなくてはならない。だいたい調べたことをちゃんと捜査会議で発表してくれるかどうかも怪しい。そういう意味では、野添を遊撃にして再度、気になるところを捜査させることもできるだろう。このような手持ちの駒が欲しかった。

三苦もまだ着任して間もないマリエをどう扱っていいか迷っている風がある。それは信用する、しないとは別に、指揮権に影響が出る。その点では、一課長の友川も同じだろう。マリエは試されている。四面楚歌などと大袈裟なことはいわないが、心してかからねばならない捜査本部であることは胆に銘じていた。

窓の向こうに秋を予感させる色が広がる。あのときも確かこんな季節だった。ふいに懐かしい声が胸の奥に蘇った。

『大丈夫よ、マリエ。焦らないで。ゆっくり変えてゆくのよ』

「そういえば、佐原田さんですが」

「えっ」思いがけない名が唐突に出て、ちょっと動揺する。野添が横目でちらっと見て、すぐに前を向く。

「板持さんに聞いたんですけど、息子さんがこっちにいるそうですよ」

えっ、とまた子どものように驚く声を上げた。さすがに気恥ずかしく、ちょっとそこの道を入ってみて、と必要もない指示を出す。野添がウィンカーを出してハンドルを切った。

「確か、佐原田ヨウくんっていったかな。太陽の陽だそうです」

もうそんなことまで訊き出しているのか。同僚とはいえ、野添のいったいなにが、そこまで気を許させるのか。刑事には得難い特質だろう。

「佐原田さんの自宅ってS市内じゃなかった？」

妻が亡くなったというハガキをもらったとき、確か、そんな住所だったことを思い出す。

「そうなんですが、こっちに奥さんのご両親がいるらしくて。息子さん、体が丈夫じゃないようですよ。本部警部補だと、休みとかも簡単に取れないでしょうし」

奥さんも病弱だったそうですから、遺伝かもしれませんねと板持がいったことをそのまま口にした。

「そうなの。今、いくつなの。まさか、あの小学校？」

「いや、中三っていってましたから」

「そう」

それ以上、話題にするのも気が引けて、サイドウィンドウから外を眺める。

佐原田が捜査本部にきたのは自ら名乗りを上げたからで、それはマリエが捜査本部を指揮すると耳にしたからではないか。そんな風に思っていた。どうやらそれは間違いらしい。自ら志願したにしてもそれは恐らく、息子が暮らす町のことだったからだろう。なんと厚かましいことを考えていたのかと、密（ひそ）かに羞恥（しゅうち）を覚えた。

親なら息子の住む町の事件が気にならない筈はない。たとえそうであってもマリエにしてみれば心強いことではあるのだが、なんとなくがっかりする気持ちも湧（わ）いた。ふと、しばらく帰れないことを夫に伝えていなかったのを思い出す。まあ、ＬＩＮＥでもいいかと思い直した。

「ここがその中学校ですね」

野添がいうのを聞いて目を上げる。小学校と大して変わらない造りだ。グラウンドは広いが、三階建ての校舎にそれほどの生徒数がいるとは思えない。門扉が固く閉じられているのは、今回の事件のせいなのか、元々なのかはわからなかった。

「捜査会議の時間だわ。戻りましょう」

「はい」

すっかりジムニーの運転に馴れたのか、野添が狭い道を入り込んで右へ左へと器用にハンドルをさばく。やがて川沿いの市道に出ると、町役場の前の交差点を突っ切って邑根署を目指した。

「あれ？」

野添がふいに口にして、後ろを見返る素振りをした。マリエは体ごと回してリアウィンドウの向こうに目を向ける。中型の黒いバイクがついてくる。フルフェイスだから顔は見えないが、紺色の上着に見覚えがあった。あれはライダースジャケットだったのか。

「あの記者さん、バイク乗るんだ。ホンダのレブル二五〇か、やりますねぇ」

マリエは体を戻して、鼻から盛大に息を漏らした。

5

　捜査会議は紛糾した。しかも間が悪いことに、友川一課長が臨席していた。

「組対からの資料がまだ出ていないぞ」と一課の捜査員が文句をつければ、「そっちこそ似顔絵を隠してんじゃねえ」と組対の刑事がいい返し、「照合するのには組員のリストがいるっていってんだ」と喚き、似顔絵が先だ、とまた怒鳴る。あいだに挟まった感じの佐原田と板持はじっと息を潜めていたが、それが気に食わないと感じたのか組対ががなる。

「少年課はなんで戸浦樹をもっと締め上げないんだ。いくら触法少年でも、ことは拳銃発砲だぞ。児相に遠慮している場合じゃないだろうが」とトバッチリ半分に当たってくる。

　佐原田が仕方ないといった顔で立ち上がる。

「樹が嘘を吐いている可能性がある以上、むやみに追いつめれば逆効果です」といったものだから、組対と一課から、「なんだとぉ」「嘘ってどういうことだ」「俺らに当たらせろ」といっせいに喧喧囂囂(けんけんごうごう)やり出す。

　雛壇では、署長が額に汗を滲ませながら途方に暮れており、友川は腕を組んだままで日和見(ひよりみ)だ。筒井などは余所を向いて鼻をほじっているのではないかという悠長な様で、どうやらマリエに仕切れということらしい。

「待ってください。ひとまず落ち着いて」

誰も聞いてやしない。うーむ、と思案し、テーブルを回って筒井の面前に立つ。筒井が気づいて、うん？　という顔を向けるのに、「筒井管理官、拳銃の出所はわかりましたか。まだですか。怪しい組もわからないのですか。本部組対の情報収集力はその程度でしたか」と口早にまくしたてた。

筒井の目の光が変わった。刃物の切っ先を向けられた気がして、体が強張る。それでもマリエは懸命に踏ん張り、その目と睨み合った。組対の四人が顔色を変え、口を閉じてマリエに向き直るのがわかった。

さっと体を回し、次に三苫班長の顔を捉える。

「三苫さん、地取りでなにも出てこないのはどういうわけですか。いくら防カメが少ないといっても、戸浦樹の証言を裏付けるもの、若しくは否定できるものがないと先に進めないのはおわかりですよね」と口調をきつくした。

多くの捜査員の面前で班長が責められるのを見て、三苫班の刑事が揃って眉間に皺を寄せる。

三苫が、「報告したように通学路の途中を精査してもこれといったものは出てきていません。引き続き今も」といいかけるのに言葉を被せた。

「これといったもの？　では、これといったものではないものはあるんですね」

三苦が軽く目を見開く。マリエは身を屈めて三苦の耳に、「なにかあるのならいってください」と押し殺した声でいった。

小さく吐息を吐いたあと、三苦が一人の捜査員に顎を振る。振られた刑事は渋々のように立ち上がり、「戸浦樹のいう帰宅の途次で目撃された者はいません。誰も猿一匹見かけてないようです」と告げ、所轄から苦笑いが漏れる。

「ただ、その時間帯に町民でない人間が市道の先の私有地で目撃されています」

「なんだとぉ。一課はそれを報告しないですます気だったのか」と組対がいうと、筒井が待て、とひと言発する。途端に、会議室は静まり返る。なんだこの違いは、という表情が出ないようにして、マリエは席に戻った。

筒井が資料を配るよう部下に指示した。マリエも手に取り、それがここ五年のあいだに拳銃の密売に関わった組とその構成員の写真入りリストだとわかって、ほっと胸を撫でおろす。

「まだ、わからないかといわれては、こっちも名がすたるんでね。その、赤線で消しているのはいまだ収監中か、病気療養中で動けない連中だ。それ以外がまあ、怪しいってとこだが」

「筒井管理官、このなかに戸浦あき乃のスナックに出入りしている者はいますか」

恐らく既に調べているだろう。案の定、筒井が顎を振ると、一番前の席にいる組対刑事が立ち上がってメモを広げる。

「スナックのママや客に聞き込みをかけましたが、このなかにはいないようです。現在、店を張ってその組員がやってくるのを待っている状況です」

だがな、と筒井が顎を撫でながらいう。

「今どき拳銃を扱う組は少ない。需要が少ないこともあるし、暴対法の強化でやりにくいこともある。ここ数年、組の稼ぎで一番手っ取り早いのは薬物だ。まとまった金を手に入れるなら特殊詐欺。昔のように抗争が派手な時代ならともかく、拳銃なんて面倒なものを扱うところは減っている」

「ですが皆無ではないですよね」

筒井がちらりとマリエに視線を流し、「まあな」とだけいう。

マリエは三苫に目を向ける。三苫が小さく頷いた。

「似顔絵は一応、配ります。ですが、佐原田警部補がいったように真実味に欠けます」

絵は揺れていた。何度も描き直した跡があり、最終的には四角い顔に太い眉に太い鼻、丸坊主でおまけに頬に刃物のような傷跡まで描かれていた。漫画やアニメに出てきそうなキャラクター顔だ。いっせいに吐息が漏れた。

この絵を見せられたマリエは、佐原田や板持の意見を聞くまでもなく、捜査に使えないと判断した。そして小学生が直に拳銃を手に入れる方法がないか模索した。

三苫はすぐに動いて、戸浦樹の周辺にパソコンやスマホがないか捜索し、父親の和貴が使用しているノート型パソコンを押収した。樹はスマホや携帯電話は所持しておらず、時どき借りるという両親のものを任意提出してもらい、今、本部の分析センターで精査しているところだ。だが一課刑事の顔は、結果が出ていないのにその線は薄そうだといっている。

「確かにネットの裏サイトなどで拳銃などのヤバイ品物の売買はありますが、小学生の樹が駆使して買い求めるというのは解せません。第一、金がない」

「親のカードを勝手に使ったんじゃないのか。今どきのガキならありがちなことだ」

「それか、あの甘ちゃんのバアサンにねだったとか」

一課のベテランはむっとしながらも、「その辺も当然、調べている。カードの使用履歴に今のところおかしな点は見つかっていない」といって腰を下ろした。

「なにも自分ちのパソコンとは限らない。友達や塾仲間とか、スマホを持っているのはいるだろう」

組対の執拗（しつよう）なものいいにさすがの一課も顔色を変える。マリエは慌てて口を挟んだ。

「ともかく戸浦樹が要（かなめ）です。佐原田さん、なんとかなりませんか。拳銃の入手経路がわからなければ捜査本部は動きようがありません」

マリエと佐原田が同期であることはみなが知っているので、馴れ馴れしさが出ないよう筒井や三苫に対する以上に口調を強くする。ついやけくそ的ないい方をしたが、佐原田が大様に頷くのを見てホッとした。

「申し訳ありません。必ず、樹に真実を吐かせます。もう少しだけ時間をください」と立ち上がって、雛壇から捜査員らに向かって頭を下げた。その態度を見て、さすがの本部員らも怒りの矛を収める。元々、自分達の存在を誇示するためのいい争いだ。収めるきっかけさえ出してもらえれば、すんなり席に着く。佐原田もわかって自ら身を削ってくれたのだ。こういうとき同期はありがたいと思う。

「それでは一課、組対共に市道先で見かけられた不審者の捜索及び特定に人員を割いてください。あと戸浦あき乃のスナックに出入りする組員の確保、引き続き拳銃の入手経路の割り出しなど組対と協力の上、お願いします。少年課は戸浦樹の聴取、それ以外は目撃者捜し、地取り、鑑取りを頼みます」

そして横へ顔を向け、「これでよろしいですね、筒井管理官」とひと言足す。筒井が前を向いたまま顎を引くのを見て、マリエは隣の男に視線を移した。

「友川課長、なにかありましたら」

友川が立ち上がって捜査員らを睥睨(へいげい)する。そしで低音ながらよく響く声で上段から発破をかけた。

「今回の事件は県内にとどまらず今や全国から注目の的だ。なんとしても我々の手で早急に犯人を捕縛しなくてはならん。物は拳銃という、およそ小学生に似つかわしくない、目に入ることすらあってはならんものだ。親世代の驚愕ぶりや不安、社会への影響を考えれば、一刻も早い解決が望まれる」とそこで口を真一文字に引き結ぶ。横で見ているマリエは内心で眉をひそめた。友川が続ける。

「よってとにかく事件を解決しろ。一分一秒でも早く。そのためなら、なにをしても構わんとまではいわないが、大概のことならこのわたしが責任を持つ。一課と組対、どちらが先に手柄を挙げるか、わたしを含め上層部は期待している。性根を入れてかかってくれ。以上だ」

舌打ちの乱打を懸命に呑み込む。勢い良く鼻息を放つ友川を横目で見ながら、マリエは口のなかが乾くのを感じる。一課と組対のやる気を煽ろうとしてのことだろうが、それがマリエの指揮に少しも資するところがない、いやマイナスにしかならないことなど一ミリも考えていないのだ。

一課と組対の手柄合戦を上層部が期待などしているわけがない。友川の勝手ないいようは、これまでも部長クラスから問題視されていると、警務の知り合いから聞かされていた。班長以下が優秀で、捜査一課ではほとんど黒星がない。それは友川の手柄でもあるから、上層部も面と向かっては指弾できないのだ。友川も友川で、そんなことは百も承知で勝手気ままに振舞う。この妙なシーソーゲームにマリエは巻き込まれないようにしなくてはならない。どちらに乗っかってもリスクしかない遊具なのだが、管理官となった身で果たして無事にやり過ごせるだろうか。

友川や署長が退席し、会議の終了を告げて捜査員が立ち上がる。ドアを出て行く姿を見送っていると、制服を着た男性署員がマリエを見つめながらやってくるのに気づいた。

「管理官、すみません」

所轄の、恐らく一階にある警務課辺りだろう。小さく頭を下げると、「今、受付にこういう記者がきていまして」といって名刺を出す。軽く眉根を寄せながら署員を見返すと、

「いえ、マスコミはもちろんうちの署が対応しております。ただ、この女性はお耳に入れておいた方が良い話があるのだがといっていまして」と所轄員が困った表情をする。

「耳に入れておいた方が良い？」

「はあ。どんな内容だと訊くと、風石管理官に直接、お話ししたいといい出す始末で。どうしたものかと」と今度は大仰に顔を歪めた。

野添が慌てて雛壇へと駆け寄ってくる。「なんですか。あ、こいつ」と名刺を署員から取り上げると口をへの字に曲げる。隣で三苦が、誰だ、と訊く。

野添が巡回していたときの顚末を話すと、三苦は首を傾げるだけでなにもいわない。筒井など、署員に向かって「美人か」と返答に困ることを訊くだけだ。

「いいわ。どこか空いている部屋はありますか。そこに入れて待たせておいて」とマリエ

は指示する。署員が、はいと返事して室内の敬礼をして踵を返した。それを目で追っていた野添が、いいんですか、というのに、軽く肩をすくめることで答えた。

「それで話とはなんですか?」

真殿巴は紺色のライダースジャケットを脱ぐと、白いセーターの袖を捲り上げる。手には手帳、ペン、机の上にヴォイスレコーダーと準備万端で、丸い眼鏡の奥から爛々と薄茶の虹彩を持つ目を光らせた。

「お話しする代わりに、少しだけインタビューさせてもらってもいいですか」

マリエは黙って立ち上がる。同時に野添がドアを開け、それを見た真殿が慌てて、「わかりました、わかりました。いいますから」という。

再びパイプ椅子に腰を下ろす。真殿が小さく息を吐いて、軽く三畳程度の個室を見回した。

一階奥にある相談室を借りた。外では他の記者らと署員のやり取りする声が聞こえる。真殿も耳にしたらしく声を潜めるようにして、「戸浦樹くんが知らない人から拳銃をもらったといっているそうですが」と切り出した。

「待って」マリエは止める。「いいこと、子どもの名前は駄目よ。それとそんな話、どこから聞いたの」と目を尖らせた。真殿は、「もちろん名前は絶対出しません。それと情報源ですが、それはいえません。保秘事項ですから」といっちょう前のことをいう。この手合いは、以前刑事課長を務めていたときにも少なからずいた。型通りの受け答えを聞いて、真殿が記者になってまだ間がないのだと知る。ベテランの記者なら、わざわざマリエの気を荒らすようなものいいはしない。男性幹部よりも女性幹部の方が扱いにくいという不文律でもあるのか、大概の男性記者はマリエに対して必要以上に気を遣った。だが、この真殿は逆に同性だからと妙な距離の縮め方をする。いわゆる調子に乗るという手合いだ。

マリエは感情のない目で見返す。

「話というのは、そのこと？」

「いえ、そうではありません」

「もったいぶらないで、いいなさい」

真殿が軽く肩をすくめ、ちらりと野添に視線を走らせたあと、「少年課の佐原田警部補が辰泊町で妙なことをしていると聞きました」と口にした。

思いがけない名が出て、さすがのマリエも息を吞む。野添が、微動だにせず真殿を上から凝視していた。

6

しなくてはいけないことなんだ、と飯田富美加は自分の胸に拳を当てて呟く。

机の上には黒い塊がひとつ。指先でそっと触れて、ゆっくり掌を当てた。冷たい。思わず口にして慌てて周囲を見回す。自分の部屋には今、富美加ひとりきりだし、鍵も掛けているから両親は勝手に入ってこられない。それでも心配で何度もドアノブを回して確認した。

椅子に座って改めて拳銃を手に取る。重い。思った以上に重く、グリップを強く握り込んでもふらふら揺れる。人差し指を軽く引き金にかける。ここを引けばいいのだということは誰でも知っている。

富美加は体全体で深呼吸をしたあと、拳銃を机の上に置いてハンドタオルでくるむ。学生鞄を引き寄せ、一番底に置いてファスナーを閉めた。机の上の手紙を手に取る。何度も読み返したから見なくても思い出せる。大丈夫と思えたら、前と同じに破ってコンロで燃やせばいい。そう思って握り潰そうとしかけるが、考え直して引き出しの奥に入れて閉めた。そしてスマホを忙しなく操作する。このあいだ起きた小学生による拳銃発砲事件のネット情報を探した。撃たれた子どもの怪我は大したことはなく、無事だとどの記事にも書かれている。なかには既に学校に通っているというのもあった。間違いない。拳銃で撃たれたといっても必ずしも死んだりしないのだ。

「大丈夫、ちょっと怪我をさせて脅かすだけ」

富美加は灯りを消して、ベッドに横たわる。暗闇に目を凝らし、それから布団を引いて目を瞑る。どうせ眠れないことはわかっている。それでも朝を迎えるまでは、こうしてずっと目を瞑っていよう。眠れなくとも寝たという事実があれば、寝不足はなく、体調や思考が崩れることはないと信じられる。

朝がこなければいい。

町にひとつしかない中学校。一年から三年まで合わせても生徒数は百人ちょっと。卒業するとみな邑根市にある県立高校に行くか、S市やH市の私立高校に行く。

富美加はもうすぐ十五歳になる。中学三年で来年卒業。今一番、受験勉強に励まなくてはならない時期だ。塾の回数を増やしたこともあって、一緒に食事を摂らなくても、ずっと部屋に籠もっていても親はなにもいわない。両親も担任も、富美加は邑根市にある県立高校を受験すると思っている。だけど、それはない。

富美加は恐らく裁判所で審判を受けたあと、少年院に行く。それに児童自立支援施設というところがあるからそこに入れられるかもしれない。運が良ければ保護観察処分。

十四歳未満なら触法少年として罪に問われず、児童相談所の扱いになるのがほとんどだ。例の発砲した小学生は、相手も大した怪我でないからせいぜい保護観察ではないか。残念ながら富美加の場合は犯罪少年の枠内になる。検察逆送というのもあるらしいが、ちょっと脅かす程度のことならそうはならないだろう。

「大したことない、大丈夫、大丈夫」呪文のように頭のなかで唱えながら、学校の門を潜った。

教室の戸口の手前で足を止め、窓から差し込む陽を浴びて光を返す机の天板を見つめる。一年一組の一番後ろ、窓側から二番目。あの子がいた席だけ、まるで陽が避けているかのように暗く感じられる。長く誰も使っていないから汚れてはいないが、綺麗でもない。

「入れないんだけど」

後ろからいわれて富美加は慌てて入り口から離れる。下級生が怪訝な顔をしながら、教室に入り、すぐに甲高い声を出して友達の名を呼ぶ。富美加はそのまま背を向けて廊下を戻り、職員室へと進んだ。

ドアにあるガラスの入った小窓からなかを見ると、教師らがホームルームと授業の準備をしている。三年の担任が視線を上げて富美加を見た気がしたが、すぐに小窓から離れたので問題はないだろう。そのまま職員室の前を通り、奥のトイレに近づいた。

ここは職員室の隣にあるせいで、生徒は使わない。なんとなく職員専用のようになっている。富美加は周囲をちらりと見回してトイレに入り、奥の個室に閉じ籠もる。学生鞄を便器の蓋に置き、なかからハンドタオルでくるまれたものを取り出した。

拳銃のグリップを握り、重さで揺れるのをもう一方の手で包み込むように握った。

そのまま個室のなかで何度も深い呼吸を繰り返す。そしていい聞かせる。

こうするしかない。こうした方がいい。大した罪にはならない。わたしは未成年だし、最悪、怪我を負わせるかもしれないが、死んだりはしない。小学生だってうまくやったんだから。わたしにできない筈はない。

筈はない。

チャイムが鳴った。ホームルームの時間だ。今朝は、朝礼はない。小学生の発砲事件が起きた次の日は、長い朝礼が行われた。それからは各教室で担任から、生徒ひとり一人に体調が悪くないか、不安な気持ちはないか尋ねるようになった。そのうち市内かどっかからセラピーの先生がきて希望する生徒は面接を受けることになっている。

個室から出た。

廊下をそっと窺う。担任教師が階段の方へと向かう後ろ姿が見えた。いなくなると急に音が消えたように静かになった。職員室のドアは閉じられている。でも鍵は掛かっていない。生徒がいつでも気軽に入れるようにするためだ。

富美加は小窓からなかを見て、体育教師と美術教師が左手奥でごそごそしているのを確認する。ドアの向こうにはひときわ大きな机があって、副校長が座っていた。書類を広げて目を通している。

富美加はドアをノックして、ゆっくり開けた。

副校長の席で、白髪交じりの頭が持ち上がる。

辰泊中学校副校長、市野忠良五十九歳。ぼってりとした体格で、丸い顔に犬のように頬が垂れている。垂れ目に丸い鼻のせいでフレンチブルと呼ばれており、怒ると案外と怖い。勉強よりも道徳とか倫理を大事にする人で、常から人に親切にするようにとか、お金よりも大事なものがあるといい続けている。そのせいか親達からは親しまれ、個人的に悩みを持ち込まれ相談にのってやったりしているらしい。富美加の親も、市野さんは真面目な人だといっていたのを思い出す。

大人は愚かだ。なにもわかっていない。こいつの本性に気づいていない。

「どうした。ホームルームの時間だろう。具合でも悪いのか？」市野が富美加の顔を見つめる。

黙って立っていると、部屋の反対奥にいた二人の教師も気づいて顔をこちらに向けた。体育教師が近づこうと歩き出したとき、市野が立ち上がった。「君は確か、えっと、いい、飯尾さんだったかな？」

その名を聞いた途端、富美加の全身が熱くなり、破裂しそうな気がした。

「飯田ですっ」と叫ぶと同時に体が反応した。右手が上がり、すぐに左手を添えて包み込むようにして力を込める。引き金に指を入れた。

「おい、お前、なに持ってんだ」

体育教師が体を跳ねさせるようにして駆けてきた。目の前の市野の顔色が変わった。垂れた目が大きく見開かれ、口が無様に開く。なぜか両手を前に差し出し小さく左右に振った。

「おい、それなんだ」

引き金を引いた。

激しい衝撃が全身を覆う。凄まじい音が聞こえた。一瞬、耳の鼓膜が破れたような気がした。それが富美加の握る拳銃の音だとは到底信じられなかった。こんな音に小学生が耐えられたというのだろうか。

全ての気配が遠のく、膜を張られたような感覚。水中を潜っているような妙な浮遊感。顔になにかかかった気がして指で撫でる。あれ？　手に拳銃を持っていた筈なのに。目を瞬かせ、足元を見ると黒い塊が床に落ちていた。どうやら撃ってすぐに手を放してしまったようだ。指先が赤い。さっき顔を拭ったからだろうが、これは血なのか？

そう気づいて、副校長へ視線を向けた。いない。あれ？

「副校長っ」

体育教師の声に、美術教師の悲鳴が重なった。

富美加は一歩踏み出して、机の側に行く。体を乗り出すと見えた。

市野が床の上にうつ伏せに倒れている。ベージュ色のリノリウムの床が赤い液体で染められてゆく。どくどくどく。体から流れ出す血液の音が聞こえそうだった。

富美加は机の角に手を当てたまま、ずるずると床に座り込んだ。

血がこちらにも流れてくる。このままだとわたしも汚れる。そう思ったけれど動けなかった。一ミリも動けなかった。

7

辰泊町は混乱を極めた。

一報を受けて機捜と邑根警察署のPCが出動し、近くの駐在員がいっせいに駆けつける。雷のように鳴り響くサイレンの音を聞いて、小学校や戸浦家、滝藤家に集まっていた記者やマスコミ連中が揃って走り出した。

会議室にいたマリエは、すぐさま三苫に向かえと指示し、所轄員には現場周辺に規制線を敷き、記者や関係のない人間を即刻排除するよう命じる。筒井が部下四人を連れて飛び出して行くのを見て歯噛みしつつも、無線機の前に陣取る。スマホが鳴り、友川からだとわかって軽く舌打ちしたあと耳に当てた。

「現在、確認中です」その言葉だけを繰り返し、すぐ行く、という返事の途中で切って無線に耳を傾けた。

中学校？　小学校でなく？　マリエは目を細め、顎に指を当てて記憶を探る。そういえば野添と一緒に町内の巡回に出たとき、ひとつしかない中学校というのを目にした。なんの変哲もない普通の学校だ。そこには佐原田の息子が通っている。素早く振り返って少年課員を捜した。

捜査員はみな出払っている。無線機の周りに集まっている数人に目をやると野添の隣に板持が見えた。

「板持さん、佐原田さんは？」

板持がはっとした表情をして、マリエに向き直りながらも黒目を揺らした。

現場に向かったのか。「いいわ」といって、再び耳を澄ます。

『マルヒは辰泊中学の女子生徒。錯乱状態なのでこのまま病院に搬送します』

マリエはすぐにスマホを取り出し、三苦を呼び出す。ワンコールの途中で応答がある。

「三苦さん、こっちに運べない？」

三苦がすぐに察して、なんとかします、と答えるのを聞いて電話を切った。隣で署長が慄（おのの）いたような顔をしている。マリエはその顔に向かって、付近にあるクリニックから医者

『被疑者確保』

『被害者搬送中』

『現場は辰泊中学、辰泊中学の職員室』

を呼んでもらえないか口早にいう。「精神科でなくても構いません。それと広い部屋を確保してください。なるべく快適な環境になるように」

「わたしが」といって板持が署長のあとを追って会議室を出て行った。

現場を目撃した教師二名が間もなく到着するという。野添に目を向け、

「三苫班と手分けして聴取して。被疑者生徒の氏名住所がわかっても、両親に連絡するのはわたしの判断を待ってからにして」とマリエは口早に告げた。

野添が頷き、すぐにはっとした顔で窓を振り返った。サイレンの音が聞こえたのだろう。マリエも音がだんだん大きくなるのを確かめて、唾を飲み込んだ。そして無線機のあるテーブルを離れ、窓から下を見る。

朝からとんでもない騒ぎとなった。赤灯を点けたパトカーがこちらに向かっているのが見え、そのあとを捜査車両だけでなく、明らかにマスコミ関係と思われる車やバイクが懸命に追ってきている。邑根署の玄関前では、元々いた記者連中がカメラやマイクを手に群がっており、制服を着た署員が怒声を上げながら排除している。

マリエのスマホが鳴った。また友川かと思いながら画面を見ると、佐原田からだった。

「現場ですか？」

いきなり問うたことで佐原田が一瞬、息を呑んだ。すぐに気を取り直したのか、落ち着いた声で「そうだ」と返事する。「勝手をしてすまない」

「そのことはいいです。それより」

ああ、と佐原田がいつもの冷静な声に戻す。息子の顔を見たついでに訊いてみたと、簡潔に報告した。

被疑者は飯田富美加、十四歳。中学三年生で住まいは辰泊町の東側にある住宅街。戸建てに両親と同居。一人娘で兄弟はない。

「ごく普通の女子生徒。特に目立ったところもなく、噂らしいものも出ていない。どっちかというと地味系女子――これは俺の息子の印象だが」

「そうですか。助かりました。飯田富美加はこちらに運ぶ予定です。少年課の手が要ります」

「署にか？　病院じゃなく？」

「はい」とマリエは短く答える。佐原田は小さな吐息と共に、そうか、と答え、すぐに戻るといって電話を切った。

すぐにまたスマホが鳴り、応答する。

「三苫さん、どうですか」

「マルヒを移送中です。被害者は重篤で一旦、邑根市内の病院で応急手当をしたあとS市の大学病院に移送されることになるでしょう」

「まともに当たった？」

「のようです。至近距離、恐らく一メートルも離れていなかったと思われます。管理官」

「はい」

「拳銃はトカレフでした。安全装置はなく、全弾装入」

「なんですって」

がらんとした会議室で、マリエの声が響いた。電話を切って眉間の皺を深くする。

女子中学生がトカレフ。少し前には小学生がグロックを握り締めていた。この辰泊はいったいどうなっているのだ。

しばらくして、ドアの向こうで騒ぐ声がした。目撃者と恐らく被疑者も到着したのだろう。所轄員の悲鳴のような制止する声、記者連中の走り回る音で三階建ての庁舎が小刻みに揺れる。そんななかを三苫は、きっと哲学者のような思案顔をしながら飯田富美加を連れて廊下を歩いているのだ。

上半身に寒気が走った。

なんだろう。畏怖（いふ）か、怖気（おぞけ）か。いや違う。奮い立ったのだ。管理官として初めての捜査本部がよもやこんな大きな事件になるとは想像もしていなかった。県内どころか、大都市圏でも起きそうにない出来事が、この邑根署管内で発生するなど誰が考えただろう。しかもその事件捜査の指揮を担うのがわたしだ。風石マリエだ。

今は不安も怯えも感じられない。あまりにも突拍子もなく唐突で、そんなものを意識している暇がない。それでいい。このまま突っ走ればいい。

ドアが開いた。

一課の刑事が顔を覗(のぞ)かせ、小さく頷く。マリエは跳ねるようにして出入口へと駆け出す。案内する刑事の後ろをついて突き当たりにある柔剣道場へ入った。ドアは簡単な引き戸だが、その前では三苦の班員が睨みをきかせながら立ち塞がっている。目で挨拶に応(こた)え、なかに入る。

明るい。左側の壁の上下に窓があり、そこから陽が差し込んでいる。室内の灯りも加わるから畳の青草色がはっきり浮かび上がる。左手奥の隅に、どこから見つけてきたのか折り畳み式の二連パーティションが立てられていた。そこに三苦の姿があり、思案顔を向けている。

靴を脱いだマリエは素早く畳の上を横切り、三苦の側に立つ。低い声で、「救急車内で酸素吸入をしたら少し落ち着いたようなので、そのまま捜査車両に移して運びました。興奮状態は治まったように——見えます」と口早に報告するのを聞く。

マリエは三苦の言葉を反芻(はんすう)するように小刻みに頷いた。そして、ふっと音を出して息を吐くと、パーティションを回る。

長テーブルがひとつとパイプ椅子が三つ。テーブルを挟んで向き合う椅子には板持が座っていて、所轄の女性刑事はその後ろで立っている。板持がマリエを振り返り、立ち上がった。入れ替わるようにしてパイプ椅子に座ると、所轄刑事は軽く頭を下げて出て行く。板持だけ残り、隣にあるパイプ椅子を後ろに引いて、浅く腰掛けた。

テーブルの向こうには体の血液が全て失せてしまったかのような顔があった。しかも小さく、幼い。想像した以上に幼い顔だ。制服を着ているから余計にそう思うのかもしれないが、ブレザーの襟や赤いリボン、なかに着ている白いシャツにまで赤黒い染みがあるのを見て、マリエは腹に力を入れた。

「飯田富美加さん、わたしは風石マリエといいます。警察官で、警視という階級です。小学生の発砲事件は知っていますよね、その事件の捜査の指揮を執っています。今からいくつか大事なことを訊きます。答えてください」

反応なし。黒目は揺れることなく、テーブルの上、じっと一点に注がれたままだ。マリエはその視線の先に手を滑らせ、開いたり閉じたりしてみせた。ぴくりと富美加の体が揺れるのがわかった。黙って待っていると、ゆっくり体ごと顔が起き上がる。

黒目がマリエの目と重なったのを狙って、富美加さん、と呼んだ。「はい」と返事がある。

富美加の視線が逸れる。マリエはそのまま、「拳銃は？　拳銃はどこで手に入れましたか」と尋ねる。

富美加は黙ったまま、また目をテーブルへと落とす。

「富美加さん。あなたは十四歳ですね。もう、自分がしたことがどういうことなのかわかっている筈です。ここは警察署です。どうしてここに連れてこられたのか理解できますね」

俯いたまま顔が頷く。胸のなかで安堵しながら、マリエは続ける。

「それでは、問われたことに答えてください。市野副校長を撃ったのはどうしてですか」

と質問をする。

固まったように黙り込む。マリエは目を細めるとすうっと鼻から息を吸い、口調を強くして吐き出した。

「あなたは被害者でなく、被疑者です。つまり罪を犯した人間なのですよ」

後ろで板持が身じろぐ気配がした。振り返ることなく言葉を続ける。

「あなたは拳銃で市野忠良さんを撃った。市野さんは酷い怪我を負いました」

ふいに富美加の目がマリエを捉える。痙攣（けいれん）するように目を瞬かせ、「酷い？　大怪我、なんですか」と声を震わせる。じっと見ていると、富美加の首がいやいやという風に揺れ始め、「大丈夫なんですよね。死んだりしないですよね」と、唐突に涙をこぼし始めた。

「現時点では詳しいことはわかりません。今も病院で手当てを受けておられます」

「あ、あたし、そんなつもりじゃ」

「どんなつもりだったの？　拳銃を使ってなにをしようとしたの」

「なにって……だから、その、副校長に辞めてもらおうと」

「辞めてもらう？　中学校をですか？」

富美加はうんと頷き、「生徒に酷いことをしていて、最低の教師だから。でも副校長だから、親の前ではいい顔してるし、きっとあたし達がなにをいっても信じてくれないだろうから。だから」

「あたし達？」

富美加がはっと頬を固くする。すいと視線を逸らせるのを追いかけるようにマリエは上半身を乗り出し、顔を近づけた。

「あなたと誰のこと？　友達？」

音が聞こえるかというほど激しく首を振る。マリエは思わず右手でその肩を摑み、強引に動きを止める。「副校長を撃とうと考えたのは、その人のアイデアなの？」

横を向く。肩を握る手に力を込めた。

「撃とうといったのはその人なの？　なのに実際に行動したのは富美加さんで、その人は知らん顔なの？」

「知らん顔じゃない。だってあの子はすごく傷ついているから、動けないから、だからあたしが」

「あの子って誰？　どうして動けないの？」

首を振る。両手で肩を摑み、こちらを見て、と強くいう。

「管理官、それ以上は」板持が悲痛な声を出す。

「いいからいって。その傷ついた人って誰？　女の子？　学校のクラスメイト？　辰泊町の人？　その人はどうして傷ついたの？　それとも」

「いやいやいやぁー」

マリエが富美加さん、と叫ぶのと同時に、「風石っ」と後ろから怒声がした。振り返ると友川が仁王のような顔で睨みつけている。思わず手を放すと、富美加がそのまま力なくテーブルの上に突っ伏し、大声で泣き始めた。板持が慌てて駆け寄った。同時にパーティションの向こうから白い上っ張りを着た六十代くらいの男性が現れ、友川の横をすり抜ける。富美加の手首を握り、パイプ椅子の背にもたれさせて顔を覗き込んだ。どうやら医師のようだ。優しい声で、落ち着いて大丈夫だからと囁いて、こちらを振り返ると、「少し休ませた方がいいでしょう。このままだと失神しかねない」と告げた。友川が大声で、「三苦っ」と呼ぶ。三苦が顔を出すと、「一旦、病院に搬送しろ。尋問は医者の許可を得てからだ」と指示する。板持と医師が富美加を抱え上げ、三苦が先導するように歩き出した。

残ったのはマリエだけ。

友川が仁王の表情を崩さないまま、おもむろに腕を組む。そのままテーブルの周囲を歩きながら、「風石管理官、どういうつもりだ」と苛立(いらだ)たしそうな声を上げる。

「申し訳ありません」

「わかっているのか、相手は子どもだぞ。まだ中学生なんだぞ」

「はい、課長。ですが」と目に力を込めた。友川は眉を跳ね上げ、「ですが、なんだ？」と問う。

「中学生だからです、課長」強い口調でいい返した。友川が眉間の皺を深くする。

「前の案件は小学生でした。十一歳の証言に信憑性があるとも思えませんし、よしんば真実を語っていたとしてもそれが捜査の役に立つのか未知数、いえ、はっきりいって期待できないでしょう。ですが十四歳であれば、話して聞かせれば充分理解できる年齢ですし、そうあって欲しいと思っています。一方で、入院させて回復を待っているあいだにあれこれ思案し、画策をすることのできる年齢でもあると危惧しています」

　小学生の樹ですら、祖母の庇護を力にして刑事に嘘を吐く冷静さを得たのだ。佐原田や板持から話を聞いて、事件後どうしてすぐに尋問しなかったのか、マリエはどれほど悔やんだことか。だが、友川も引かない。

「だからこの瞬間を狙ったというのか。さっきの様子を見ただろう。あのまま追いつめて万が一、おかしなことになったらどうする。マスコミはそれでなくとも大騒ぎなんだぞ。その上、未成年に対して強引な聴取をしたなどすっぱ抜かれてみろ、信憑性どころか捜査そのものが行き詰まる」

「それは」とマリエは唇を閉じる。「そうならないよう板持に同席させ、署長にお願いしてドクターを寄越してもらうようにしました」

「一応の手は打ったということか。だが、今回のような前例のない事案では、見込みだけで動くのは危険だぞ」

「はい。その点は充分注意します。ですが、前例のない事案だからこそ、これまでのやり方では通用しないのではないかとも考えます」

ふん、と友川が馬のように威勢のいい鼻息を吐いた。女性警視はやる気満々ということか、と独り言めかして呟く。マリエは聞こえなかった振りをした。

「とにかく相手が未成年だということは忘れるな。決して無茶はするな、風石管理官」

「はい」

「そして傷害及び銃刀法違反容疑の被疑者であることもな。うまくバランスを取れ」

「わかりました」その場を離れる友川に向かって腰を折る。

長い嘆息を吐いていると、パーティションの横から今度は佐原田が顔を覗かせた。

「遅くなってすまない」

マリエは首を振って、パイプ椅子に崩れるように座る。

「聞いていた？」

「ああ。飯田富美加の周辺を洗うしかないな。あの子っていっていたから、同じ年ごろだと思うが」少なくとも大人ではない。

「ええ。同級生、クラブや塾の仲間、近所の友達、従姉妹。女性と絞るのは危険だけど、この狭い町内なら簡単に見つけられる。すぐに調べさせるわ」

　勢い込んでそういったが佐原田の表情に変化はない。なに？　という目を向けた。

「ああ。ただ、あんな年若い子が、いくら憎い相手だからって拳銃を使おうなんて考えつくかな。第一、手に入れる手段だって知らないだろう」

「つまり？」

「女性とも限らないんじゃないか。もっといえば同じ年代かどうかも」

「どういうこと？」

「SNSだ」

　あ、と戸惑いの声を漏らした。忘れていた。そうだ。今どきは生身の繋がりよりもネットを通じた関係性の方がより強かったりする。

「飯田富美加にはネット上の友達がいた？」

「ああ。それが市野に酷い目に遭わされた、若しくはそう唆した可能性もある。ひとつの可能性だよ」

「それなら女とは限らないし、同年代でもないでしょう。戸浦樹に銃を渡したのもその人物？　うーん」とマリエは腕を組んで首を傾けた。「だけど発砲までするかな。十四にもなれば拳銃を使うことがどういうことか、わからない筈ないと思うけど」

「今の子どもの心の有りようは想像できない」

佐原田の抑えたような口調に思わず目を向ける。横顔に困惑でなく、恐れが滲んでいるように見えた。佐原田陽といったか。確か、富美加と同じ学年。妻に死なれて、健康に不安のある息子を一人で育てなくてはならなくなった。本部捜査員をしていてそれがどれほど難しいことか、子どものいないマリエにも想像がつく。仕方なく、本部のある市から車でも二時間はかかるこの辰泊の祖父母に預けることにして、暇を見つけては訪れているのだろうが、果たして中学三年の息子とどれほど意思疎通ができているのか。

佐原田は、事件が起きたのが息子のいる中学校だと聞いて、おっとりがたなで出向いた。被害者が息子ではないかという恐れがあったのだろう。もしくは加害者かと。

マリエは微かに首を振って己を戒める。勝手な憶測をしてなんの意味がある。それは佐原田が思案し、憂慮することだ。事件とはなんの関係もない。

「え」

佐原田がなにかいった気がして目を瞬かせた。余計なことをいったというような困った顔がある。なに？　と強い目で問い返した。

「ああ、いや。さっきの友川課長とのやり取りを聞いたとき、ふと思い出したもんだから」

「なにを？」

「今までのやり方ではいけない、といったセリフに聞き覚えあったんだ。ほら、同期にいただろう。椎名ナントカ」

　小さく頷くことで返事する。そうか、佐原田にとってはナントカという程度の存在なのだと、マリエは視線を遠くへやる。下の名前は実貴子、椎名実貴子。

　毎年入ってくる女性警官の数はしれている。たまたま寮で同部屋となり、二人は親しくなった。授業では机を並べ、柔剣道ではよく対戦して一本取ったり取られたりした。教練でも拳銃実射でも一緒にしごかれ、へとへとになって部屋に戻ったのに、夜遅くまでお喋りした。たちまち意気投合し、親友と思える間柄になったのはいつごろからだったか。

　警察学校を卒業して、しばらくは同期でよく集まった。配属になった所轄のことや先輩、上司の話、遭遇した事案のことなど話は尽きなかった。みな独身であったこともあって大いに飲んで夜遅くまで騒ぎ、気炎を上げては憂さを晴らした。他愛無いことだが、それであらゆる悩みが洗い流され、翌日からはまた新たな気持ちで仕事に打ち込めたのも事実。なんでもいい合える仲間の存在は心強く、新人と呼ばれる時期には不可欠なことだったと、今ではよくわかる。恐らく、そんななかで佐原田はマリエと実貴子の話を耳にしたのだろう。

　当時二人は、仕事のことも組織のこともよくわかっていないくせに、あれこれ批判しては一人前に警察の将来を慮ったりした。それは裏を返せば、警察という仕事にやりがいを見出せていたということでもあった。マリエも実貴子もこの仕事をやり通す気でいた。たとえ結婚しても、子どもができても仕事は続ける。そして退職するまでにできる限り昇任して幹部になろう、そのために二人で頑張ろうといったのだ。

「今、どうしているんだろうな。椎名が辞めて何年になる?」

佐原田の言葉に短く、さあ、と答えてマリエは立ち上がる。

「飯田富美加の自宅を捜索します。佐原田さん、三苦さんと一緒にお願いできますか」

佐原田がはっと表情を変え、すぐに「了解しました」といって頭を下げた。後ろ姿がパーティションの向こうに消えるのを待って、マリエは真殿巴の言葉を蘇らせる。

『少年課の佐原田警部補が辰泊町で妙なことをしていると聞きました』

8

翌日。

事件は起きたが、被疑者は既に確保されているから、捜査会議では今後の聴取の計画と拳銃の入手先の特定が議題となる。

鑑識から銃及び線条痕を調べた結果がもたらされ、過去に使用された形跡がないことが判明する。それは先の小学生が持っていた銃も同様で、つまり二丁とも警察では全く把握されていないものということだ。ネット上で流通していたのであれば、入手ルートを見つけるのは難しいし、それは分析センターの仕事になる。

マリエの指示で進行役の三苫が声を発した。

「まずは飯田富美加の自宅の押収物について」

はい、と一課三苫班の刑事が立ち上がる。

中学生なのでスマホもノート型のパソコンも持っている。それ以外に学校で使うテキストやノート類、手紙なども押収して現在も確認作業を続けている。友川のごり押しで全ての案件に優先して鑑識や分析センターを動員したらしいが、今のところ特段、怪しむべきものは見つかっていない。両親への事情聴取も終えている。

「今のところ、飯田富美加がいう〝あの子〟らしき人物は、友人や親戚(しんせき)のなかに見当たりません」

学校は授業を中止し、生徒らはみな自宅で待機している。再開の目途(めど)は立っていないが、現場検証が終われば保護者会が行われ、その後、授業も始まる。昨日から始まった同級生らへの聴取は、刑事が各戸を訪ね歩く形で今も行われている。いずれ、当該人物が浮上するだろう。

続いて、被害者である市野忠良について、別の刑事が報告する。

「市野氏の自宅は辰泊ではなく、隣の高江町にあって敷地一五〇坪以上はある大きな木造二階建て。兼業農家であった時期もあり、広い前庭だけでなく裏庭には納屋や蔵も並ぶ立派な居宅です。忠良の父親は町会議員も務めたことがあり、昔から近隣では一目置かれていました。現在は、妻と娘夫婦、孫の五人で住んでいます。忠良は大学卒業後、教師となって県内の中学校で働いており、四年前から辰泊中学の副校長の職に就いています」といって席に腰を下ろし、代わって所轄刑事が続きを述べる。

「市野の家族について報告します。妻の市野芳(よし)、五十六歳は無職。ボランティア活動に熱心で地域の女性グループを率いて様々な活動をする、いわば町内のリーダー的な存在です。子どもは娘が一人、市野紗香(さやか)二十九歳です。夫は市野修也(しゅうや)で養子、つまり入り婿になります。旧姓、夏目(なつめ)修也も高江町の出身、紗香とはいわゆる同郷同窓です。紗香は大学の短期部を卒業後、高江のＪＡで勤務。修也は両親の離婚後、地元を離れて東京で暮らしていましたが、三年前にこちらに戻って紗香と結婚。紗香はその後、ＪＡを辞めています」

「修也の仕事は？」

「東京で勤めていた会社が倒産したことで高江町に戻り、しばらくは職探しをしておりましたが、現在は、地元の名産品などをネット販売する会社を立ち上げて、市野家の納屋を事務所にして妻の紗香と共に始める準備をしているようです」

マリエは報告した刑事に労(ねぎら)いの言葉をかけ、「市野忠良氏の人柄等についてわかったことをお願いします」と告げる。

別の所轄刑事が立ち上がり、微かに頬を紅潮させながらメモを開く。

「市野氏は副校長になってからも特段の問題なく、悪い噂も聞きません。むしろ謹厳実直を絵に描いたような人物ということで、保護者会の信頼は篤いようです。紗香が結婚するまでは三人家族でしたが、隣近所の話では市野家はごく普通の家庭だといっています。まあ、娘の教育には厳しかったようですが、それも教師であれば当然かと思えますし、妻の芳にしてもご近所とのトラブルもなく、色々相談にのったり解決に骨を折ってくれたりするなど、夫同様、信頼されている雰囲気がありました」

良い評価ばかりで、それは裏を返せばなにも出てきていないという意味だろう。マリエはそう考えて、報告した刑事の隣に座る一課刑事に視線を向ける。マリエに気づいて軽く頷くと、「これから、市野氏が過去に赴任した学校に出向き、当時のことについて聞き取りをする予定です」と付け足した。そこからなにも出てこなければ、襲撃は富美加の一方的な逆恨みの線が濃くなる。それか誰かに唆されたか。

「富美加への聴取は？」

これは三苫が直に答える。「うちと少年課が聴取に当たることは、児童相談所にも話を通しています。ドクターの許可が出るようなら退院させて、こちらで勾留も考えています」

マリエは念のため、「板持さんを含め、聴取には女性警官を当たらせてください」と告げる。三苦が承知していますという風に頷いた。

野添の手が挙がる。

「富美加さんの〝あの子〟を捜すのに、塾や自治会館の勉強会を僕が当たっていいですか」

マリエは、雛壇の端に座る佐原田に目をやり、「それは少年課の方がいいのでは。どうですか」といいかけてはっと口を閉じた。ホワイトボードの側に立つ三苦が佐原田を睨んでいる。マリエが見ていると気づくとすぐに視線を外したが、どん、と胸を突かれた気がした。

三苦班長は知っている？　素早く視線を野添に向けたが、頬杖(ほおづえ)をついたまま余所を向いていた。

真殿から得た情報は、あまりにも不確かなものだった。だから、いい加減なことをいって捜査本部を混乱させるなと戒め、野添にも誰にもいうなと口止めをした。よもや真殿が三苦に漏らすとは思えない。

真殿は、事件が起きてすぐに辰泊町に入ったといった。事件担当とは違って勝手がわからないから、なんとなく近隣の主婦や女性らを相手に話を聞いて回ったらしい。そのなかで、佐原田の息子が祖父母と一緒に暮らしていることを聞きつけたのだ。それから、どういうつもりで佐原田の周辺を調べようと思ったのか、本人はなんとなくとしか答えなかった。とにかく、地元女性の輪に交じって噂話をするような感覚で、佐原田のことを話題にしたのだろう。

『佐原田さんが住民に便宜を図っているですって？』思わずマリエは声を尖らせた。

真殿は神妙な顔で頷き、インタビューと交換ですよと念を押し、そして、『交通違反や自転車盗、田畑を荒らした子どもらへの処遇など、本部刑事の立場を使ってもみ消したりしているようですね』といった。マリエは表情が変わらないよう必死で堪えた。あれこれ尋ねれば動揺していることを悟られると思い、短く、なんでと訊いた。

真殿は肩をすくめ、『詳しくはもちろんわかりませんけど、どうも佐原田さんの息子さんにちょっとした問題行動があるらしく、それをフォローする意味で、少しでも地域住民に良く思われようとしたからじゃないですか』といい、いわゆる親心ですかね、と知った風な顔をするのを見て、頭に血が上った。記者といっても半人前でしかもファッション誌だ。意気込んで辰泊にきたものの、他のベテラン記者に追い払われ、居場所がなかったところに、たまたま妙な噂話を聞きつけた、大方そんなところだろう。それをさも重大な情報のようにいう。マリエは腹の底から怒りを感じる。側に野添がいなければ、大声で怒鳴りつけていたかもしれない。

そんなマリエの普通でない様子が感じられたのだろう。さすがの真殿も言葉を止めて、ヴォイスレコーダーに手を伸ばした。マリエは先に手を出してスイッチを切り、啞然（あぜん）としている真殿の顔を睨みつけて、釘（くぎ）を刺したのだ。

『はっきりとした証（あかし）もないのに、軽々にいい触らして、捜査本部を混乱させないように』

指揮を執るマリエの不興を買えばどうなるか、お宅の事件担当に訊いてみた方がいい、とまでいった。だが、真殿は、わかりましたと殊勝な返事はしたものの厚い面の顔を向けて、でも交換条件のお願いは生きてますよね、と念押しした。マリエは盛大に舌打ちして部屋を出たのだった。

今、三苫が佐原田を睨んだのはその件と無関係ではないだろう。部署が違っても、今は同じ捜査本部の人間だ。互いを信用しなくてこの先、どうやって捜査が進められるのか。今さら誰を責めても仕方がないと思いつつ、軽い苛立ちと共に野添に、塾でもどこでも聞き込みに行けと告げることになった。

翌三十一日木曜日、スナック『セカンド』に出入りしている暴力団構成員が判明した。既に、筒井の部下が確保し、勝手に尋問を始めている。そのことを知らせてきたのは、野添だった。

マリエの思惑を察したらしく、野添が小まめに筒井の部下らとコーヒータイムや昼食時に接触を図っているのは気づいていた。うまく溶け込んでいるようだ。野添から組対刑事らに動きがあったと知らされ、マリエは密かに筒井の動きに目を配っていたが、よもや構成員を聴取しているとまでは思わなかった。

ただ、報告もしないまま会議に出ている筒井に対し、マリエは腹を立てることも血を逆流させることもない。戸浦樹の案件と同様、飯田富美加の周辺を優先して調べるべきだとマリエは決めているし、その点では捜査本部は一致していたからだ。

それでも一応、素知らぬ顔の筒井に視線を当てた。

「例の構成員を確保したそうですが、その線から拳銃ルートが判明しそうですか」

なにげない口調で声をかける。驚くかと思ったが、筒井はにやりと笑うだけだ。その顔を見て、さすがに眉間の皺を深くしたが、なにもいわないでいると筒井は前に座る部下に指示を出した。刑事が立ち上がって報告する。

「構成員といっても、既に解散した組の元暴力団員でした。どうもスナックのママに頼まれて用心棒代わりに構成員であることを吹聴していたようで、本人は知り合いの土建業を手伝っており、今のところ組関係との繋がりは確認できていません。なお、拳銃については身に覚えがないと供述しています」

以上、といって腰を下ろしたあと、筒井が付け足す。

「まあ、元々、拳銃についてはネットの裏サイトの線が濃厚だったからな。今どきは、丸暴ルートで手に入れるというのは少ない」

「そうはいっても、その裏サイトに暴力団が関与している可能性は少なくないですよね」

筒井はちらりとマリエを見、また視線を前の捜査員らに向ける。

「まあな。入手元不明というのが最近の拳銃の動向だ。だが、以前にもいったように、連中も今どきは薬や詐欺で稼ぐことの方が多い。簡単だし、金額も大きいからだ。わざわざ拳銃なんて面倒なものを扱うヤツは限られるだろう」

「限られる」マリエが呟くと、視線の先で筒井の顔がすいと横を向いた。前を見ると、そんな筒井に対して口元を弛めている組対の刑事の顔があった。マリエが見ていると気づいてすぐにはっと表情を変える。なるほど。

筒井は端からスナックに出入りしている構成員など眼中になかったのだ。こんな辺鄙な町で誰が拳銃の売買などするだろう。恐らく筒井や部下の刑事らは子飼いの情報屋を使って、様々なネタを集めさせている。なにか手に入れたのだろうか。

限られるといった筒井の言葉を聞いて、刑事が苦笑した。うっかり喋ってしまいましたね、といっている顔つきだった。筒井が口を滑らせた？　確か、拳銃を扱うヤツは限られる、みたいなことをいった。

暴力団に拳銃といえば、ひと昔前なら抗争を思い浮かべる。発砲事件は今もあるが、それはフロント企業も組事務所もない鄙びた町の出来事ではなく、対立する組同士が縄張りを接する、都会の話だ。となれば、拳銃は大都市圏の組関係が扱う代物ということになる。

筒井らはこの県の地理的状況から東京か横浜、せいぜい名古屋までと絞っているのではないか。たぶん、そうだ。今の様子からすると、まだ目ぼしい話は聞けていないらしい。マリエは小さく息を吐き、ひとまずその線は筒井に任せようと決める。ここでできることを、今全てしなくてはならない。

富美加の医師から許可が下り、午後にも邑根警察署に連行される段取りとなっている。両親は日々、悲壮な顔つきで捜査に協力してくれるが、動機に繋がるような情報は出てこない。やはり市野忠良の線を追うべきかと思うが、その市野の容態はいまだ予断を許さない状態が続いていた。

いきなり戸が開き、友川が現れた。みな起立しかけるが手で制するのを見て、中腰のまま椅子に戻る。

「課長、なにかありましたか」とマリエは立ち上がったまま問う。

友川が歩きながら手に持つ書類を顔の前で振り、近くの捜査員に配れと渡した。

「分析センターからの情報だ」

拳銃のことかと思ったが、SNSだという。すぐに資料を捲る。どれも市野が生徒に対してわいせつな行為に及んでいたというものだった。辰泊中学に限らず、以前いた学校の名前まで出ている。なかには被害に遭った女性（匿名）の書き込みまであり、それらしい内容に刑事らは啞然とする。

市野を調べ回っていた鑑取り班はみな首を振って、そんな話は出てきていない、と口々にいう。そうすると他の刑事から、「こういった案件は表に出にくい。通常の聞き込みでは難しい」との意見が出、更にそんなことはわかっているこっちも素人じゃないんだぞ、と会議は一気に噴き上がる。

「揉めている暇があるなら裏取りをして」マリエはさすがに声を張り上げた。

友川が雛壇に着くなり、三苫に目を向けた。

「女子中学生はどうだ。まだ黙秘か」

「すみません。きっかけがあれば、恐らく」

「きっかけ?」

「飯田富美加が誰のためにこんな真似をしようとしたのか、それがわかれば」

「まだわからんのか。三苫らしくないな」

そこにまた野添が手を挙げる。「報告します」というのに、マリエは、え、と思う。なにも聞いていない。三苫は知っているのか、その表情を窺いたいが堪えて、野添にどうぞと促す。

「飯田富美加が通っていました役場前の塾『京東進学塾』ですが、そこで三か月ほど前に辞めた一年生の飯尾朋美(ともみ)という生徒と親しかったという話が聞けました」

「三か月前?」

「一年生？」

三苫が続けろ、という。

朋美は中学校に入ったその年の夏、辰泊から引っ越している。

「では富美加とは二学年違い？」

一学期しかいなかった上に学年違いでは、同じ学校にいても親しくなるどころか顔を合わせることすらないのではないか。だが、小・中が入り交じる塾なら出会いも可能だ。休憩時間や授業が始まるのを待つ生徒が塾のロビーに屯するらしい。そんなとき、二人は親しくなったのか。

「苗字が飯田と飯尾で、似ていることもきっかけとしてあったのかもしれません」と野添は付け足す。

「それで、その飯尾朋美さんは今どこに？」

「辰泊中学で確認しました。今年の八月七日、父親の実家のある長野県に引っ越していきます。住所をもらってきました」

野添がすたすたと前に出て、ホワイトボードに書き込む。

「その子と富美加さんが親しかったというのは事実なのね？」

「中学校には四月から七月半ばまでの三か月ちょっとしかきてなかったので、二人が学校で親しくしているところを見た生徒はいませんでした。ですが塾では小学校からずっと通っていますから二人の顔を覚えている塾生もいるわけで。富美加さんが年上だから、朋美さんに対してなにくれと世話を焼いていた感じに見えたでしょう、二人でいるところを何度か見かけたとの証言を得ました」

マリエは他の捜査員を見渡して、「塾での聞き込みで、その話は出なかったの？」とつい責める口調になった。何人かが身じろぎ、なかの一人が、「塾は年齢も学校もバラバラの生徒が集まる場所です。お喋りしているから親しいとまではいいきれず、それで話に出てこなかったのかと。講師は自由時間まで生徒を見てはいませんし」と弁解する。

野添は恐らく、年齢、男女、クラスにかかわらず、あの屈託ない笑顔を振り撒き、陽気なお兄さんの体で気さくに話しかけて聞き出したのだろう。さすがは捜査一課、という話ではない。最初から、富美加が中学三年だから相手も同学年だろうという思い込み、塾は勉強だけするところという決めつけがあったのではないか。富美加自身、〝あの子〟といっていたではないか。その証言を引き出したマリエ自身、年下の子だと思い浮かばなかったことに歯噛みするが、今はそれを指摘する場ではないと判断し、続けてと先を促した。

「飯尾朋美さんを受け持った何人かの講師に訊いてみました。まあ、富美加さん同様、特段、目を引くこともない普通の生徒という話でしたね。ただ、そのなかでも都々木優美という小六、中一担当の講師、東京出身だそうですが、その先生が妙な証言をしています。朋美さんが、ときどき塞ぎ込んだり、具合悪そうにしていると感じたことがあって、一度などは富美加さんが心配そうに声をかけている姿も目にしたと」

ふーむ、という思案の空気が会議の場を覆った。単純に考えれば、その子が市野に酷い目に遭わされて辰泊町を離れた、そうと知って富美加が仇を打った、という図式が思い浮かぶが。

「でも富美加さんの身の回りのもののなかに、その朋美さんと繋がるものは出てきていないのでしょう？」

それほど思っている相手なら、今も接触があるのではないか。だが、富美加周辺を洗っている刑事からは、手紙ひとつ出てきていないという。スマホのメッセージは、相手がスマホを持っていなければ使うことがない。それでも自宅の電話番号くらいは交換するだろう。

「富美加のスマホにある電話番号で消去されているものがあるのかもしれん。それも含めてもう一度、調べるよう分析センターに頼んでおこう」

友川がすかさずいうのに、マリエは頭を下げる。

「鑑取り班は、すぐにその飯尾朋美さんを追って。聴取には板持さんもお願いします」

板持が、はい、と返事する。

そのとき扉が開き、制服を着た警官が入ってきた。雛壇から見ていると三苦の方へ走り寄り、なにごとか囁く。三苦が小さく頷くと感情のない目を向けて、静かに告げた。

「先ほど、市野忠良氏が亡くなったそうです」

9

通夜(つや)は雨が降った。

喪服に着替えたマリエは、野添の運転するジムニーで市野家の広々とした前庭に入る。車を降りたあと傘を差し、弔問客を呼び止めている捜査員の姿を横目に見つつ、屋敷のなかへと歩を進めた。

雨のなか大勢の弔問客が訪れ、すすり泣く声が聞こえる。そして密やかながらそこかしこで噂話をする人の固まりも見えた。明らかに生徒と思われる一団もいて、複数の大人が側についている。見覚えのある顔は、聴取の際に会った辰泊中学の校長と教師だ。校長は、他の教師と雰囲気を異にする数人と傘のなかに思案顔を浮かべていた。あとで確認すると教育委員会の人間だということだった。

広い土間には黒い靴が一面に広がる。代々、高江町に住まい、人格者として住民から慕われていた。読経(どきょう)が響き渡る畳敷きの広間には白い座布団が並べられ、座る場所がなくうろうろするほど弔問客で溢れていた。祭壇に目を向けると、手を合わせながら涙を流す人もいる。近くに座る遺族に頭を下げ、口元にハンカチを当てながら慰めの言葉を囁く人もいた。その一方では廊下に立つ人々のあいだで、中学生が、拳銃でという言葉が密やかに、そして熱を帯びたように飛び交う。

「奥さんの姿が見えないわね」

隣の野添に声をかけると、すいと立ち上がった。少しして戻ってくると、「臨終に立ち会ったあと具合を悪くされたそうで、医者に診てもらって今は奥で休まれているそうです。過労だろうと」と報告する。

マリエは焼香に立ち、遺族の前に座って型通りの言葉を告げて頭を下げた。喪主の席には娘の夫修也が座り、隣で紗香が二歳くらいの女の子を膝に抱えている。

市野修也は見るからに優男風で、顔も体も細く、三苫とはまた違った意味で感情が窺えないのっぺりとした容貌をしている。一方の紗香は、丸みを帯びた体で、三十近いのに学生のような幼い雰囲気を漂わせる。勉強は得意ではないらしく、大学も二年間の短期部で卒業後、地元のＪＡに就職した。同窓会で修也と再会すると、出会って半年もせずに結婚し仕事を辞めたというのだから、外に出るよりは家のことをするのが好きなタイプなのかもしれない。

野添を連れて現れた見知らぬ女を見て感じ取ったのだろう、修也が「警察の方ですか」と赤い目で問う。

「捜査本部の指揮を執っています風石マリエと申します」と答えると、隣の紗香が体を伸ばして眉を上げた。

「教えてください。父はどうして殺されたんですか」母親の固く甲高い声に、膝の上の幼児がぴくんと動く。

鋭意捜査中、という言葉を呑み込み、「まだわかっていません」と答える。

「父はずっと中学校で真面目に教師をしてきたんです。曲がったことの嫌いな人で、生徒さんには勉強よりも人として恥ずかしくない人生を送るようにと、そういうことを熱心に教え続けた人なんですよ。それがなんで殺されるんですか。しかも中学校の女子生徒が犯人だっていうじゃないですか。いったいなんて名前の人なんですか」といい募り、唇を震わせた。

「紗香、よせよ」と隣から修也が押しとどめ、マリエに向かって軽く頭を下げると、「すみません」といった。

紗香はハンカチを口元に持っていき、「だって犯人なのに名前を明かさないなんてズルい。人殺しなのよ、ちゃんと世間に公表すべきだわ」と絞り出すように吐く。マリエは聞こえない振りをして立ち上がった。子どもの泣き声が背を覆った。

傘を差して玄関を出る。弔問客と彼らより多いのではないかと思える雨具姿のマスコミの群れのなかを、かい潜りながら足早に歩いた。

後ろから、「風石さん」と呼ばれた。聞き覚えのある声に足を止めることなく、停めている車の方に向かう。追ってきた真殿が、前に回り込む。野添が、おい、といいながら遮ろうとするのをマリエは止めた。

「今日もバイクなの？」

「いえ、さすがに歩きです」

見ればきちんと喪服を着、黒いコートを羽織っている。十一月になったばかりだが、冬のような冷気が雨粒に混じって下りてきている。

野添に車で先に戻るように指示する。軽く眉を寄せたが、黙って頷くとすぐに背を向けた。女性が二人で歩き出したのを見て、他の記者がさっと視線を向ける。管理官じゃないのか、という声が耳に入って、咄嗟に「大北駐在にいるわ」と告げた。マリエは傘を深く傾けると、泥はねも気にせず、駆けるようにして通夜の家から離れた。

駐在所のなかは暖かかった。

年配の巡査部長が、「この季節は案外と冷えるので、この辺りでは早くからストーブなどを出しております」というのに、軽く微笑んで返す。少しの時間、場所を借りたいというと、駐在員はわかりましたと答えるなり、巡回してきますと雨合羽を羽織って外に出た。

執務エリアの奥は、駐在員の私的なスペースとなっている。家族は居室に籠もっているのか、物音も気配もない。

マリエは土間となっている休憩スペースに身を入れ、ストーブの側にパイプ椅子を置いて座った。三分もしないうちに、真殿が傘を畳んでなかに入ってきた。

「ドア閉めて」

マリエがいうと真殿は頷いて、執務エリアとの境のドアを閉じた。マリエが示したパイプ椅子を広げ、座るなり寒そうにストーブに手をかざす。

「こういうの涙雨っていうんでしょうか。変ないい方ですけど、お通夜らしいお通夜でした」

焼香をすませたとき、遺族や紗香の膝にいる幼児を目にしたのだろう。

「お孫さん、まだ二つになっていないそうです」雨に濡れた眼鏡をハンカチで拭う際に見えた丸い目が、沈痛な色に染まっている気がした。

「他の記者みたいに遺族周辺に取材かけなくていいの」

目を離してストーブに喋りかけるようにいう。真殿が肩をすくめる気配がした。

「ファッション誌の記者が取材して事件記事をいくら書いたって、載せてもらえません」

「で、わたしのなにを記事にしたいの」

「そうですね。男性社会で活躍するバリキャリウーマン、その実態と苦悩とか」

「それが面白いの?」

「上司の無能さとか、これまでこんな酷い扱いを受けた、とか。男性警官の考え方の古臭さ、女性の活躍を妨げる男社会の一〇〇の弊害、とか。それでも、わたしはここまでやってきた、その手腕と知恵。乗り越え方、男の扱い方、そして失ったもの」

「失ったもの？」

「はい。やはり男性に交じって活躍されるには、それなりの苦労があり、大切なことを後回しにしたり、諦めたりしたものもあるのではないかと。風石さんはそういうのなかったですか」

マリエはパイプ椅子ごと体を回して、真殿に向き合う。その手にヴォイスレコーダーとメモがあるのを目にしたがなにもいわず、眼鏡の奥を見つめた。

「真殿さんは記者を続けているなかで失ったものはないの？」

「管理官、勘弁してください。質問を質問で返すのはなしで、インタビューなんですから」

「そう。ではいうけど、なにも失わずにすむ生き方なんかできるのかな」

「多かれ少なかれということですか」

真殿がわざとらしくため息を吐く。「そういう一般的なことではなく」と呟いて強い目で見返してきた。「たとえば、今の捜査本部で思う通りの指揮ができていますか。男性の部下を掌握して一〇〇パーセントの力を出させていますか。自分はそれができているとお考えでしょうか」

「まさか」

あっさり答えたことに、逆に真殿が戸惑った顔をする。訝しんだ表情で、軽く首を傾げた。

「掌握なんかしない。刑事は犬じゃないのよ。よく犬に例えられるけど。見た目はともかく人間なんだから、ちゃんと自分で考え、自分で判断し、行動できる。わたしは彼や彼女らが集めてきたものを集約し、考察し、共に考えて事件解決に繋げる。管理官の仕事は難しくない」

「仲良くしているということですか」

「いい大人が仲良くもないでしょうけど。いえるのは、管理官の仕事は男の仕事でも女でも、いいできる仕事でもない。管理官は管理官。捜査本部の指揮を執る者よ」

ふうん、と興味なさそうな顔をする。そしてメモの上でペンを揺らした。

「管理官にとって警察官とはなんでしょうか」といきなりの方向転換だ。

「それは志望の動機を訊いているの?」苛立つ気持ちを堪え、問い直す。

「まあ、その辺からお願いします」

マリエは視線を真殿の後ろの壁にやる。そこには警察のカレンダーがかけられていた。十一月は機動隊の写真が使われている。訓練の様子や災害現場で活動する姿があった。

「味方」

「はい？　正義の味方ですか？」

「ただの味方。わたしが中学のころ、同級生の父親が逮捕される事件が起きた」

真殿のペンが止まる。

「それ以来、誰もその同級生と口を利かなくなった。その子はなにも悪くないのに、そのうち登校しなくなった。わたしは正直、その方がいいと思ったわ。無理して教室にきたって傷つくだけだろうし」

「そうですね」

「でも教師はそういうわけにはいかない。担任は自宅を訪ねて声をかけ、励まし、なんとか説得しようとした。わたし達クラスメイトにも協力して欲しいといった。なかに一人反発する子がいて、嫌だというのを無理に引っ張り出すことない、学校や勉強がそれほど必要なこととは思えないといったのよね」

「なるほど」

「そうしたら、その担任教師は違う、勉強だけのことじゃない、その子に味方がいることを知ってもらいたいんだと訴えた」

「それで味方」

「仲間じゃないけど、困っている人を助けたい、助かって欲しいと願っている人、それが味方。警察は、その味方の最大級のひとつ」

「はあ」今ひとつぴんとこないようだ。マリエは口元を弛め、「味方がいると思えるのと思えないのとでは、大きく変わる。多感な少年少女時代であればなおのこと、それが生きるための柱にさえなり得る」

「今回の女子中学生の犯行動機は、その味方がいなかったからってことですか」

「事件に興味はないんじゃなかったの？」マリエが目を細めると、真殿は苦笑いしながらも微かに頬を染めた。

手のなかのヴォイスレコーダーをいじりながら、「本当は事件記者志望です。もちろん、就職してまだ三年では洟(はな)も引っかけてもらえません。でも、今回の切り口で記事を書かせてもらえたなら、少しは足掛かりになるのではと思っています」と、すらすら心情を吐露する。自分のことを話すことで、相手の胸の内を吐き出させる手法か。

「事件のことは話さない」

真殿が、わかっているという風に頷き、改めて、と目を向けた。

「では、管理官には味方がいますか」

マリエは少しだけ考え、「味方だと思って仕事をしている」と答えた。

「男性の多い職場で大変だと思うことはなんですか」

「警察という職場が大変だとは思っている」

「男性の、特に年長の部下を持って苦労したことは？」

「それぞれの立場によって辛さもしんどさも違う。誰かのせいで苦労した、などと思っていては仕事にならない」

「自分より能力のない男性が先に昇任していると感じたことは？」そしてすぐに、「逆に、自分がその任にふさわしくないのに異例の出世をしていると感じたことは」と付け足し、つまり女性であるという理由で、と口早にいう。

　マリエは目を細め、「警察の昇級試験でも、大学入学共通テストのように解答の開示請求ができるのなら、その質問にも答えられるでしょうね」と述べた。真殿はメモ帳を閉じ、口をへの字に曲げる。建前は聞きたくないといわれる前に、野添に調べさせたことを羅列した。

「真殿巴、神奈川県横浜市出身、東京の私立大学経済学部卒業後、出版社に就職。前科前歴はなし。県立高校一年のとき、所属していた体操部の顧問である男性教師がわいせつ容疑で逮捕されるも不起訴処分となる」

　真殿の丸い目がかっと開く。「わたしのことを調べたんですか」

「今どき、これくらいはネットでわかる」

「前科前歴もですか？」

「まあ、それは確かに。事件関係者に対する捜査の一環です。あなた怪しかったから」

「わたしは記者です」

「記者が犯人である可能性もないとはいえない」

ぐっという音が出そうなほどに唇を噛みしめる真殿を見て、マリエは口調を和らげる。

「あなたが男だ女だということに拘っているのは、その高校生のときの事件が関係あるの？」

「それこそ、あなたに関係ありません」

「そりゃそうね。でも、わたしのことを知りたいのでしょう？　そっちから歩み寄るのは、あなた方の常套手段じゃなかった？　それとも肝心なことは話したくない、だけどこっちには喋れというわけ？」

真殿の目が面白いほど揺れる。必死で考えているようだ。どちらが得か。頭はいいけれど、経験が浅いからすぐに回答を出した。

「わたしだけではなかったんです」

「そのときの被害者ってこと？」

「そうです。男女体操部の主任顧問は当時、二十八歳の独身男性でした。背が高く筋肉質、見た目も良くて、冗談もいっていつも笑顔で、生徒からとても人気がありました。練習中、ふざけて体当たりとかしていたんです。そのうち指導という形で女子をマットの上に組み伏せたり、鉄棒に抱え上げる風をして股間に腕を入れたりするようになって。嫌がって離れようとすると余計に抱きついてきたりして。だんだん酷くなるのに怖くなって、部の仲間で話し合って告発したんです」

「それで事件になった」

「なってませんよ。結局、指導のやり方に行き過ぎがあった、みたいな程度で収まって不起訴です。仲間の一人はダメージが大きくて、のしかかってくる男性が怖いと今も満員電車に乗れないでいます」

「そう」

「女は男に腕力では勝てないんです。それは厳然たる事実で、だからこういう犯罪はあとを絶たない」

「その教師は犯罪者かもしれない。ただし、社会でそんな人間は稀なのよ。それだけは勘違いしないで。ほとんどの人はそんな真似はしないし、そんな風に考えたりしない」

「わかっています。でも、会社などで男性が女性より優位に立とうとするのは、そんな力を誇示したいという欲求の現れのひとつじゃないですか」

「動物のように、群れのなかではオスの俺が一番強いんだ、っていう？」

「まあ、さすがに今の時代、そこまではいいませんけど。でも、まだまだ男女の格差があると考えている女性は多いと思うんです。ですから、男性の多い警察という職場で、風石管理官がどんな風に働いておられるのか興味がありましたし、それを記事にして読者に届けたいと思いました」

マリエは椅子に背をもたせかけ、足を組んだ。喪服の裾が泥はねで汚れているのに気づき、軽く息を吐く。

「わたしが三十歳になったばかりのころ、知り合いが具合を悪くして職を辞した」

「女性の警官ですか?」

マリエは頷いた。「職場は違っていたけれど、時間を見つけてはよく飲みに行った」

当時、マリエは交通課の主任で、椎名実貴子は地域課の巡査部長だった。交番勤務で小さな交番の箱長を務めていた。

そんな実貴子が交番に一人でいたとき、中年の男に襲撃された。通りかかった人が騒いだお陰で大事には至らなかったが、犯人が逮捕されて動機が拳銃を奪うためと判明したとき、署は大いに困惑した。女性警官だから拳銃を奪われそうになったとはいいきれない。たまたま一人だったから狙われたのかもしれないし、その両方が重なったのが理由であったとも考えられる。だが、署は深読みして憂慮する。

所轄が違うから噂レベルでしか耳に入らない。だがマリエは直に実貴子から話を聞いていた。

事件は、犯人に判断能力が欠如していたという理由で起訴猶予となり、動機についても公にされることなく静かに終了した。だが、署内では実貴子が交番に一人でいたことが問題となり、一緒に就く筈だった男性の巡査も咎めを受けることになった。巡査は事務手続きのせいで署を出るのが遅れたのだが、その際、実貴子は一人で大丈夫だといい張って、交番に向かった、だから落ち度は実貴子にあると触れ回った。あとでこっそり調べてみたら、その巡査はコーヒーを飲んでお喋りに興じていたということがわかった。そんな負い目があったので、ことさらいい立てたのかもしれない。

「サイテー」と若い真殿は目を尖らせる。

実貴子にいわせると、ちょっと癖のある後輩で、日ごろから実貴子に指示されたり命令されたりするたびあからさまに不満顔を浮かべていたらしい。男性の先輩や主任の前では素直で真面目な青年巡査の姿を見せていたのに。もちろん、そんなことまで真殿にはいわない。

それからの地域課は、女性警官がペアを組むと陰であれこれいわれたり、あけすけに疎まれたりしてわずらわしい勤務環境となったらしい。実貴子は責任を感じ、異動願いを出したが受け入れられず、それから一年我慢したが体調を崩したという理由で辞職した。

素直に憤る真殿の顔を見ながら、マリエは体も心も冷えているのを感じる。

椎名実貴子は激しく悔いたのだった。警察官となって勤務に就く限りは男性も女性もなく一生懸命務めること、その一語に尽きる。市民からすれば同じ警察官だからと、常々、マリエと共に気炎を吐いていた。その気持ちがあったゆえに、巡査を待たずに交番に向かったのだと。

『女だからといわれないよう、向きになっていたのかもしれない』

そう呟く実貴子に、当時のマリエは強く、違うとは返してあげられなかった。意外にも実貴子は自ら首を振って、否定した。

『ううん、そうじゃない。そうじゃないことをわたしは警察官として証明すべきだった。周囲の圧力に負けて逃げるような情けない真似しないで』

署内で、地域課内で、どれほどの冷遇を受けていたのか。男性だけでなく女性の同僚までが実貴子に辛く当たったという話をあとから聞いた。そうしなければ、同僚や上司から自分も実貴子と同じだとみなされ、面倒がられると察したからだろう。

悔しい、と小さく呟いた実貴子の横顔がマリエの記憶に刻まれた。

マリエは真殿の目を見ていう。

「巡査がいい触らしたこともどうかと思うけど、一人で交番に就いた知り合いにも、確かに問題はあった。でも辞めることはなかったと、今でも思っている。そんなことがきっかけでわたしは、落ち度もなく警察という職を途中で辞する人が一人でも減るようにと考えるようになった。それには自分自身が色んなことを経験し、幹部としての力をつける必要がある」

「風石管理官が警視にまで昇り詰めた、その原動力になったということですね」

「そうね」マリエは熱くも冷たくもない口調で答える。そして、もういいだろうというように腕時計を見た。

真殿がすいと立ち上がって、ぺこんと頭を下げる。口止めする言葉はいわない。たとえ真殿が実貴子の所轄で起きた事件を取り上げたとしても、被疑者の動機がなんであったかなど真実は決して漏れることはない。組織とはそういうとき、驚くほど頑強に口を噤むことができる。気になるのは別のことだ。

傘を持ってドアを開けようとした背に声をかけた。

「佐原田警部補の件、はっきりしないうちは駄目よ」

真殿が横顔を見せ、わかっています、というように頷いた。ドアが開き、閉じられる。

マリエはパイプ椅子のなかで、自分に問いかける。これでいいのか、マリエ。

10

さすがは本部組対、さすがは筒井というしかない。

マリエは報告を受けるなり、明るい声を出した。

「よく見つけて――」

いいかけたところに太い声が被さる。「よくやった、さすがは筒井管理官だ。これでこそ本部組対だ」

手を打つ音まで聞こえて思わず隣に座る友川を見、慌ててマリエも両手を合わせた。

「なあ、風石管理官」と笑う友川に、

「ええ、さすがです」とマリエは笑みを浮かべながら何度も頷いてみせた。

会議室の半数以上が賛同するように首を振り、感心した目を向ける。そんななかで三苫が黙って資料に視線を落とし、一課捜査員も頬杖をついて余所を見ている。野添だけがにこやかに笑って拍手をしていた。

筒井の部下がホワイトボードに三枚の拳銃の写真を貼る。隣に組員の写真をマグネットで留め、経歴も一応、書き込んだ。筒井が雛壇を離れ、側に立つ。

「この連中のことはこの際、どうでもいい。拳銃を扱っていたことは今、本部のうちの連中が締め上げていずれ送検する。問題はこれらの拳銃のことだ」

三枚のうちの一枚を筒井は指差す。隣に立つ部下が、型式などの特徴を述べた。

筒井の率いる本部組対課は、東京からS県に流れた拳銃ルートを見つけてきた。S県S市に本拠を置く組の構成員が仕入れたものらしいが、それが先月、何者かによって盗まれていたというのだ。消えた拳銃は三丁。ひとつはグロック19、残りの二丁はトカレフ。

「うち二丁がこの辰泊で使用されたものと同じ型式。今、取り調べている組員から同じものである証拠、線条痕のある弾などが見つかれば確定できると思います」

筒井が鋭い目つきで捜査員を睨み、「まず間違いないだろう」と断言する。全員がいっせいに頷いた。

拳銃を奪われるということ自体、ちょっと考えられないような間の抜けた話だ。その構成員はそもそもこれといった目的もなく、箔をつけるために欲しがった弟分のために手に入れようと考えたらしい。そんな気楽な思い入れだったから、簡単に盗まれるような失態をしでかしたのだろう。とはいえ、暴力団員が拳銃を盗まれたのだ。沽券にも関わるから、人知れず、盗んだ相手を追っていた。

「妙な動きがあることは、少し前から聞いていたが」と、筒井はその時点で気づけなかったことを悔やむ顔をした。

やがて拳銃が消えたという噂が裏の世界で密かに流れ始める。それを組対の捜査員が使っている情報屋が引いてきた。

「残りの一丁は？」

「どこにあるんです？」

口々にいうのを、筒井が轟くような声で遮る。

「それを探せって話だろうが」

しーんと静まり返る。マリエは腹に力を入れて立ち上がった。そしてテーブルを回って筒井の隣に立つ。

「残りの拳銃の行方を追うことが先決です。まだ一丁、この辰泊にある可能性がある以上、なんとしてでも所在を確認しなくてはなりません。戸浦樹と飯田富美加が手に入れたルート、またS市の構成員にこの辰泊町、もしくは高江町に繋がりがないか。筒井管理官」

「なんだ」

「戸浦あき乃のスナックに出入りする元構成員の線はどうですか」

「今のところ出ていない」

「S市の組員が拳銃を持っていたことを知る人物の特定はできそうですか」

「やっている」

マリエは不満顔をして見せる。筒井の眉が跳ね上がる。二人が睨み合うような形になって、すかさず友川が大きく手を打った。

「よし、とにかく拳銃がどこから出たかはわかった。あとは誰がなんのために小学生や中学生にさばいたか、だ。そしてなによりも大事なことがある。風石管理官」

マリエは、はい、といって捜査員らに目を向けた。

「拳銃が一丁行方不明であることは最重要秘匿事項とします。実際、この町にあるかどうかは不確定です。が、外部に漏れれば余計な混乱を招く。決して口外しないように、よろしいですね」

マリエが睨みつけるよりも、筒井がひと言、「ぺらぺらと仲良し女子高生みたいに喋ってんじゃねえぞ」といったことで場の緊張度が増したのがわかる。それがわかって拗ねるほど若くもないが、愉快でないのは違いない。席に戻りかけるとき、佐原田が視線をこちらに向けるのに気づいた。

少し前、佐原田がちょっとした情報を仕入れてきた。そのことを気にしているのだろう。佐原田が空いた時間を見つけては、息子の顔を見に行っていることは気づいていた。捜査の一環ともいえなくもないので、マリエは知らん顔していたが、その際、聞き込んだことがあると耳打ちしてきたのだ。

戸浦樹も飯田富美加も同じ塾に通っている。佐原田の息子もだ。辰泊町役場の前にあるビルに入っている京東進学塾だが、既に捜査員が入れ替わり立ち替わり聴取している。野添もそこで飯尾朋美の存在を突き止めてきた。

情けない話だがと前置きして、佐原田がマリエに吐露した。佐原田の息子である陽は、熱心な塾生ではないようだ。塾に限らず学校でも、教師や講師に反発して、授業を滞らせるようなことをするという。母親を亡くして以来、息子のことは全て祖父母に任せきり。加えて持病があることが、親子関係を妙な風にこじれさせているのだろう。踏み込んでもいけない話なので、マリエはそうなの、とだけ返したのだった。

それでも、事件が起きてから案じ顔を見せにきてくれる父親の姿に、少しは気持ちがほぐれたのか、ぽつぽつ学校の話や塾のことを教えてくれるようになったと、付け加えた。そのときだけ佐原田の表情は和らいだ。

『相談箱？』

『ああ、陽が塾にそういう物があると教えてくれた』

塾にとって講師の評判は大事だ。面と向かっていえなくても講師に対し不満を持ったり、授業の仕方に不安を抱いていたりする。当初はそんな塾生の生の声を聞くという意味で、相談箱というのを置いていた。それがやがて塾以外のことについての投書がされるようになったらしい。

生徒のなかには悩みや困りごとを抱えている者もいる。学校の教師にいうより塾の先生の方が気楽に喋れるというケースもあるらしい。ただ、深刻な話となると誰にもいえず悶々とすることが多く、塾の講師にしてみれば、だからといって踏み込んで悩みを聞く立場にもないし、そんな暇もない。投げ込まれるのは、大概がふざけた話ばかりだが、塾生にしてみれば表に出したことで落ち着く場合もあっていっときは活用されていた。今では、それが置かれていることを忘れている塾生も少なくないようだが。

『そんな話は聞いていない』マリエが苛立ちと共に口にすると、佐原田は肩をすくめた。

『塾は事件後、その箱をすぐに引っ込めたそうだから、余計なことはいわないよう講師らに釘を刺したのかもしれない』

いわゆる個人情報だからだろう。たとえいい加減な相談であれ、塾生が個人的な悩みを書いたものを本人の許可なく見せるわけにはいかない。しかも匿名がほとんどだろうから許可も取りようがない。色々、ややこしくなりそうだから、いっそなかったことにしようということか。

『そこに樹と富美加も投書していたってこと？』

『いや、まだそこまでは確認していない。ただ』

『ただ？』

『そこに悩みを書いて入れておくと、いつか解決してもらえる、という噂があるそうだ。子どものあいだで、願いごと博士と呼ばれている』

『願いごと博士？』

実際に悩みが解消したという塾生は見つかっていない。一応、捜してみようと思うと佐原田は締めくくった。

情報ともいえないものだ。なにひとつ事件と繋がる要素がない。だから、マリエはまだ捜査本部に提示する必要はないと判断した。もし、そこに樹なり、富美加なりが投書していた形跡があれば改めて報告してと、佐原田に伝えたのだった。

会議が終了し、三々五々散ってゆく。

人気のなくなった会議室で、筒井と友川が顔を突き合わせてなにやら話し込んでいる。半ば開き直るつもりで、マリエは雛壇で動かず耳をそばだてた。そこに佐原田がスマホを手に近づいてきた。

「長野に行っている板持から連絡が入っている。飯尾朋美と接触して話を聞いたそうだ」

「富美加さんが親しくしていた子ね。様子は？」

「元気だそうだ。しかも富美加の名を聞いてもすぐには思い出せなかったらしい」

「どういうこと？」

マリエの声に耳ざとい筒井が振り返り、一拍遅れて友川もこちらを向く。残っていた野添と三苫がすかさず前に寄ってくる。マリエは素早く手を出し、佐原田からスマホを受取った。

「詳しく話して」

飯尾朋美の存在を知るなり、板持と所轄の刑事の二人をすぐに長野に向かわせた。内容によっては直接、会って問い質さないと話してもらえないと判断したからだが、板持の報告は啞然とするものだった。友川が苛立つ口調で、スピーカーにしろという。

マリエはスマホをテーブルに置いて、「もう一度いって」と指示した。

飯尾朋美は確かに、塾で富美加と親しくしていた。中学生と小学生であったが、似たような苗字だったことが親近感を抱かせたらしい。だが朋美は、富美加が同じ中学の子や同級生らと話をせず、自分だけに構ってくることに疑問を持つようになった。やがて朋美が中学校に入る。そこでどうやら富美加は地味系女子で、誰にも相手にされていない生徒であると知って、なんとなく距離を置いた方がいいと思うようになった。富美加と親しいと思われると、自分までが周囲から地味系と見られるのではと案じたのだろう。その辺、子どもの割り切りは早いし、容赦ない。しつこく話しかける富美加が疎ましく、用事があるからと避けるようになった。

やがて夏になって父親の転勤が決まり、引っ越しをすることになった。朋美は富美加のことなど最初から存在しなかったかのように、なんの挨拶もせず長野に移った。スマホを持っていなかったので、辰泊の自宅の固定電話は教えていたが当然、繋がらなくなる。富美加からの連絡は以降、受けていない。長野の住所も教えていないのだから、連絡のしようがない。

板持がそこまで告げて、一旦、言葉を止めた。すかさず友川が、「どういうことだ。富美加のいっていたあの子というのは朋美じゃなかったのか。おい、板持」とスマホに向かって怒鳴る。

「ちゃんと確認取ったか。女子中学生は隠しごとばかりするだろう。適当なことをいって富美加を庇(かば)っているんじゃないのか」

マリエは友川の雑ないいように眉根を寄せ、スマホをこちらに引き寄せると、「板持さん、風石です」と呼びかける。板持が安堵した声で、「管理官、念のため、朋美さんのご家族にも確認しました」という。

「それで？」

「はい。長野にきてから富美加さんらしき人から連絡はいっさいない、辰泊の事件のことは知って驚いた、朋美さんは小学校時代の友人と連絡を取り合っていたようだが、そのなかに富美加さんは入っていないということです」と答える。隣にいるらしい、所轄の刑事が付け足す。

「富美加の名を出してもすぐには思い出せず、写真を見せてようやくでした。それもなんだか面倒臭そうでしたね」更に、一応、今は所持しているスマホも見せてもらったと報告する。富美加に繋がるものはいっさい出なかった。

「辰泊にいたとき、朋美さんに体調を崩すようなことはなかったか、なにか大きな悩みを抱えていたことはなかったかも訊いてみましたが、皆無です。こちらの中学に入ってからも辰泊にいたときと同様、友人もできて毎日、元気に過ごしているそうです」

そう板持は報告を締めくくった。

どういうことだろう。マリエは深く思案する間もなく、すぐさま友川に考えを述べる。

「課長、やはりSNSかもしれません。三苫班長からの報告でも、朋美さん以外に富美加さんと親しくしている人物は浮かんできていないということですから」

「だが、今のところ富美加が使いそうなスマホ、パソコン類からはなにも出てきていないだろう」

両親は昨今のSNSにからむ様々な話に懐疑的で、娘には関わらないよう注意していた。

富美加も元来そういうのが苦手なのか、ゲームにしてもネットにしても、熱心に使っている様子はなかったという証言もある。

「塾にもパソコンはあります」

中学校でも授業の一環でパソコンは使う。ただ台数も少なく、教師がしっかり管理しているため、使用時は常に誰かが立ち会っている。一方、塾にあるものは、休憩スペースに置かれて誰でも好きなときに使用できるようになっている。もちろん、アクセス履歴は確認され、妙な使い方はされないようチェックはしているらしいが。

「ふーむ」と友川が腕を組んだ。

「塾の備品ですが、任意提出するようにいってみましょうか」とマリエはいう。

「駄目なら、ひとまず協力という形で調べさせてもらおう」と友川がいうのに、マリエは頷く。

友川なら分析センターにごり押しして、誰かを派遣させることができるだろう。

「お願いします」とマリエは頭を下げた。

その二日後、拳銃が一丁行方不明だという情報が漏れた。

11

刑事部長がやってきた。

さすがの友川も殊勝な顔つきで迎える。

捜査本部に突然、姿を見せたのは恐らく拳銃のことが外部に出たからだろう。邑根署は以前にも増して記者やマスコミに取り囲まれ、捜査員が出てゆくたびにマイクを向けられる始末となった。

どれほど広報を通せといっても無視し、「住民が怖がっている、危険はないのか。身の安全のためにもっと情報を開示してくれ」などと町民の代弁者のように叫んで挑発する。

仕方なく、本部の許可を取ってマリエが簡単な会見をして答えた。拳銃の形状、危険性など大袈裟にならない程度に述べ、必ずしもこの町にあるとは決まっていないと力説した。あとは所轄の副署長に任せ、逃げるようにして会議室に戻ったところに部長がくるとの知らせを受けたのだ。会見の内容を頭のなかで思い返して、落ち度がなかったかを確かめ、到着の声を聞いてスーツの上着を整えた。

部長が挨拶をして席に着くと、全員が腰を下ろす。

事件の経過や二人の未成年者の現在の様子などを聞き、最後に拳銃のことを口にした。

友川が渋面を作ったまま、必ず使用される前に発見すると強気でいうのに、部長はふんふんと顎を振って応えた。

キャリア警視正なので、来年には別の県警に異動するか警察庁に戻る予定だ。その直前に起きた大事件に内心、やきもきしているかと思うが表情は至って普通だ。資料を繰り、ホワイトボードに目を向け、捜査員の報告に頷きを返す。そして唐突な提案をいい出した。

「辰泊町の住民が怯えているという話がまことしやかにネットやテレビに流れています。どうですか友川さん、そういうのを払拭するためにもひとつ、検問や巡回警らを強化してみるというのは」

友川がすうと息を吸い込む音を隣にいるマリエは耳にした。

「刑事部長、そのためには人員が必要です。今は邑根署の全署員が今回の捜査に集中している状態ですので、そこまでの余力はないと思われます」

「なら近隣から出してもらったらどうです。機動隊員でも構わない。本部に戻って地域部長や警備部長に話をつけておきますよ」

「いえ余力というのは、そういう数のことではなく、そんな彼らを指揮管理する者の手がないということです。警官の数ばかりあってもうろうろするだけでは意味がありません。ですからここはまず」

「それはあなたが考えてください、友川課長。とにかく拳銃が一丁、この町のどこかにあると思われている以上、住民を守る手段を講じるのは我々の最も優先すべき事項です。一刻も早く見つけ出さねばならない。そのために捜査員が粉骨しているのは承知していますよ。ですが見つけるより先に、使用されないという保証はありません。これまでと同じ捜査を続けていて、ちゃんと防げるのですか。万一、その拳銃が使われてしまったとなれば、あなた責任取れますか」

友川の鼻息が荒くなる。刑事捜査のことなら知り尽くしていると豪語する友川が、相手が誰であれ、現場を知らない人間に口を出されて黙っている筈がない。

小さな町に警察官が溢れかえったりしたら、被疑者は鳴りを潜め、最悪、この土地を離れてしまうかもしれない。勝手ないいようだが、警察にとっては犯人検挙が最終目標だ。刑事らの期待の目を一心に受けた友川が口を開く寸前、刑事部長が、「風石管理官はどう思いますか」といきなり振ってきた。

マリエは軽く目を瞬かせ、「邑根署の協力の下、地域課員を駐在所に配置してもらい、巡回警らを増やす予定ではいます」といって雛壇の署長を振り返る。署長も大きく頷いた。

「予防措置は、やってやり過ぎることはありません」と刑事部長がいって立ち上がる。そして友川の顔色など頓着せず、捜査員を睥睨すると、「早期の解決を望みます」という言葉で締めくくった。そのまま背を向けるのに、全員があたふたと席を立ち、室内の敬礼をする。

「課長、一緒に行かなくていいんですか」とマリエが促すと、友川が渋々のように席を立ってあとを追う。それなのに、ドアの手前で部長がいきなり足を止めたものだから、友川はみっともなくたたらを踏んだ。舌打ちする友川の横で、部長がマリエを振り返る。

「風石さん、頼みますよ」

マリエは、はいっ、と声を張って、腰から体を折った。友川の刺すような視線に気づかない振りをして席に着く。

捜査員らが息を吐き、やれやれという風に伸びをする。三苫が指示を出しながら、念を押す。

「マスコミには余計なことはいうな。これ以上のリークは許さんからな」そしてちらりと視線を雛壇にいる佐原田に向けた気がした。マリエの胸の奥に焼けるような痛みが走る。焦げた臭(にお)いまでしたようで、思わず鼻を鳴らした。

戸浦樹は児童相談所預かりとなって、家庭裁判所の審判を受けるまで警察の取り調べがなされる。

そんな樹の両親の仲が険悪となり、祖父母まで巻き込んで戸浦家は大荒れに荒れていると聞いた。父親の和貴が、記者に問われて余計なことをいったことが発端らしい。妻のあき乃が母親失格、妻失格であることや、夫の意に逆らってスナック勤めを続けたことをあげつらい、さもそこから拳銃が息子に流れたかのようにぺらぺら喋った。なお悪いことには、それを聞きつけたあき乃が今度は反撃とばかりに、夫の勤める金融会社がまともでないようなことをいい出す。さすがに新聞やテレビは取り上げないが、ネットや週刊誌は面白おかしく書き立てた。少年Aの家は崩壊しつつある――これは週刊誌記事の見出しだ。

マリエは雑誌を脇に置き、佐原田と板持から、樹への聴取の結果を聞く。

「自分のせいで両親がおかしくなっているのがわかるようで、その辺を突いてみました。正直に話して全てを早く終わらせることが、元の暮らしに戻るための近道になるのだよと」

佐原田がいうことは嘘ではないだろうが、本当でもない。事件が終わっても戸浦家が以前の生活を取り戻せるとは思えない。むしろ最悪の形になるのではないか。今は、樹が渦中にいるから両親はこの土地を離れることができないだけだろう。

板持が納得していない表情を浮かべたが、こちらも上司に逆らえるだけの持ち札がないから黙っている。

「それで？」

気持ちを切り替えたのか、板持が落ち着いた目で淡々と述べる。

「樹くんは滝藤和也くんから苛めを受けていること、悔しくて恨んでいることなどを塾の相談箱に投げ入れていました。もちろん匿名で、和也くんの名前も単にKとしか書かれていませんが。それでも苛めを受けていたことは学校でも塾でも知られていたことですから、講師なら誰でもわかったことだと思います」

マリエは佐原田に目を向け、「確か、願いごと博士、とかいっていましたよね」といった。

佐原田が頷く。「その名前の書かれた紙と一緒に拳銃が紙袋に入れられ、玄関先に置かれてあったそうだ。祖父母は夕方まで畑仕事で、父親は会社、母親は昼過ぎにはスナックのある高江町まで出かける。家に樹が一人でいることを知る人は多い」

「それで玄関に紙袋なんていい加減な渡し方をしたってこと？　案外、その方が不審がられないのかな」

こういう近隣との付き合いの厚い地域だと、お裾分けなどを届ける場合、いちいち声をかけず、家の前に勝手に置いて帰る。

「それで手紙にはなんてあったの？」

「パソコンで印字した文字だったそうで、内容は覚えている限りですが、『このままでは戸浦樹はダメになる。人生が終わってしまう。早くKに苛めを止めるよう説得しなくてはならない。そのために、これで一度、びっくりさせ、そしてつまらないことは二度とするなといえばいい』みたいなことが書かれていたようです」

「その手紙は残っていないのね」

「ああ。まるでスパイ映画のように、読んだらすぐキッチンのコンロで燃やせと丁寧な指示までしてあったようだ」と佐原田が呆れたようにいう。

そこには拳銃の使い方と、どうして拳銃を持っていたか訊かれた場合のいい訳まで書かれていたらしい。

「いい訳まで？」

「はい。恐らく、玄関先に置いていたことがしれると、樹くんの家庭事情をよく知る人物ではと、疑われることを危惧したのではないかと思います」

「なるほどね」マリエは、妙なところが周到な犯人だと感じる。

子どもの心理をついていますね、と板持が呟いた。

「苛めを受けている子が相手に仕返しをするのではなく、脅かして、説得するのがいいと提案しています」

確かに、力で敵わない相手には、そういった方法しかないと思うだろう。

「そこに驚かせるためのアイテムとして拳銃を持ち出したということね」とマリエがいうと、板持がひとつ大きく頷いた。

「拳銃が本物とは書かれておらず、偽物とも書かれていない。子どもは自分に都合のいいように解釈します。きっとオモチャで、手紙にある通り、びっくりさせるためだけの道具なのだと。更に、手紙は燃やせ、そして人に訊かれたなら通りすがりに袋に入ったのを渡されたといえばいい、と指示しているところなど、まるでスパイごっこです。怖いという以前に、わくわくした気持ちが湧いたのではないでしょうか」

　マリエは思わず、うーん、と唸る。

「間もなく決定的な事件が起きました」と板持が微かに眉根を寄せた。

　多くの塾生の面前で下半身を露出させられるという苛め。それまで実行するのに迷いがあったとしても、吹き飛んだのではないか。樹はそんな酷い目に遭ったことを両親にも祖父母にも訴えていなかった。しかも、一日休んだのちは学校に戻っている。隣のクラスの男児が見かけたとき、樹はごく普通に机についていてぼんやり外を眺めていたといった。既に腹が決まっていたから、平静でいられたのではないか。

　マリエは三苫と野添を呼んで、すぐに京東進学塾の相談箱を預かり、事情を聞いてくるように指示する。詳しく説明すると、初めて聞く話だったから、さすがの三苫も僅かに片方の眉を跳ね上げさせた。けれど結局、なにもいわず、頭を下げると野添と共に出て行った。

　佐原田が二人の姿を目で追いながら、「最近は野添くんと一緒じゃないんだな」と呑気なものいいをするのに誰のせいでとはいわず、マリエは小さく、なんでも班長に喋るからと漏らした。佐原田と板持が不思議そうに目で見交わす。

「そりゃ、三苫班長は直属の上司だから」と佐原田がいう。

「ここだけの話だって、わたしがいっているのによ」

「彼にとって班長は別だろ。秋田犬だもんな」

「それ、みんないうけど、どういう意味なの？」

板持が口元を弛める。「野添さんはこの人と決めた上司や先輩には、忠実であろうとされる方です。いわれたことにはなんでも従う。刑事部の人はみなそう承知しています」

そういう絶対的信頼関係を結んでくれる部下がいるのは心強いですよね、と自分の身に引き寄せているのか、板持が軽く肩をすくめてみせた。

苦笑いする佐原田の顔と板持の遠慮がちの目を見て、渋谷駅前の忠犬ハチ公の像が脳裏に浮かんだがすぐに振り払う。一緒に、自分はまだ野添から信頼をされていないのかと、拗ねてしまいそうになる心も払い落とす。

12

相談箱は手に入れたが、富美加が相談を投げ入れていた痕跡はなかった。ほとんどがふざけたもので定期的に処分しているから、古いものは残っていない。ただ管理しているのは塾の事務局の人間でも、中身については講師らも一応、目を通しているようだという。

深夜に行われた捜査会議で、ひとまず集まれる者だけが席に着いていた。三苦がいう。

「塾の代表である鴫田氏は、そういうことは学校や父母らが対処すべきことだといっています。悩みごとなどが書かれていても、無理に関わる必要はないと講師らには指示しているようです」

組対の刑事が一番前の席から呟くようにいう。

「投書のなかに、市野副校長にわいせつ行為を受けたというのはなかったんですか」

マリエは軽く眉をひそめる。

分析センターから妙な噂がネット上を流れているとの報告を受けた。今やいいたい放題で、そのため予想以上の事態となっている。富美加が忠良を襲った犯行動機が判明していないから、憶測が飛び交うのは仕方がない。副校長とその生徒のあいだのもめ事で、真っ先に思い浮かぶのは、忠良によるわいせつ行為だ。多少はそんな噂も出るかと覚悟していたが、思っていたより激しい。恐らく拳銃を使用したというセンセーショナルな事柄が、ネット世界をより活発化させたのだろう。すぐに分析センターが特定に動いたが、ひとつや二つの話ではないから限界がある。他にも調査しなくてはならないことがあるから、できる限りこちらで調べるしかない。

とはいえ、聞き込みにおいてはそんな話はいまのところ出ていない。またマリエ自身、富美加への聴取状況を見る限り、その線は薄いように感じていた。それでも、動機としては有力なものだ。刑事は常にそれを頭のなかに置いて聞き込みを続けている。富美加自身のことでなくとも、彼女が漏らした〝あの子〟に関わる可能性もあるのだ。

「そういう投書はない、過去にもなかったように思うと講師はいっている」

三苫がそう答えると組対の刑事は口を閉じた。代わりに別の刑事が問う。

「だけど相談箱といっても、実際はなんの対応もしていなかったんでしょう？　それなら中身をよく見ずに処分していたってこともある」

「そうとも限らないんですよね」野添が後ろの方で立ち上がる。どういうことだ、という風にみなが視線を向けた。マリエも雛壇から奥へ首を伸ばす。

「なかにはいい先生もいるわけですよ。生徒の悩みにそれとなく答えたり、解決策を提案したりしたことがあると白状した講師が数人いました」

明らかに自分が受け持つ生徒であるとわかれば、内容によっては知らん顔もできないということらしい。一応、対応した講師の氏名と相談内容をリストにしています、あとで配りますと用紙を振ってみせる。

「そこに富美加の担当講師も入っているのか？」

「はい。一応、目を通してはいるらしいですが、富美加のものと思える投書は見かけたことがない、これまでも投書に関してなにかアクションを起こしたこともないといっています」

「ツヅキユミはどうだ」

いきなりの名前が筒井から出て、隣に座るマリエは思わず真横を向いた。

ツヅキ？　どこかで聞いた。誰かから聞いた、誰だっけ。そっと目を向ければ三苫は承知しているように口を引き結んでおり、野添も軽く頷いている。

前の席に座る組対の刑事が、ツヅキって？　と声に出してくれたので、筒井が睨みつけながらも答える。

「飯尾朋美のクラスを受け持つ塾の先生だ。しっかりしろ」とボスにいわれて若い刑事は、叱られた子犬のように首をすくめた。

マリエも遅ればせながら思い出した。もちろんわかっているという表情を浮かべる。

聞き込みのとき、朋美の様子について証言した講師だ。

ときどき具合が悪そうにしていることがあり、一度などは富美加さんが心配そうに声をかけている姿も目にした、という内容だった。

なるほど。板持らが朋美本人に聴取した限り、悩みを抱えていたという事実は出てきていない。となれば、朋美の様子がおかしかったといったツヅキユミ――都々木優美の話が怪しくなる。頭のどこかがチカッと光った気がした。東京。そうだ、確か東京からこちらに移住して塾の先生をしていると報告していた。野添も、わざわざ東京からきている講師もいるそうだといっていたではないか。

拳銃は東京から流れてきたものだ。筒井はその共通点を指摘している。三苫も野添も気づいていて、ちゃんと確認をしているのだ。目の前にいる捜査員、特に三苫とその班員、そして筒井に対してマリエは畏敬を覚える。マリエも所轄で刑事として働き、署の刑事課長として部下を見てきた経験はあるが、やはり本部は違う。県警で刑事畑を歩く者は少なくないが、本部員に選ばれたのには選ばれただけの理由があるのだ。そこの管理官を務めるということがどういうことか、今また分かった気がした。

「都々木優美も気になるような投書は見ていないといっています。朋美のものがあったとしても、匿名であればわからないだろうと答えました。都々木の鑑取りと行動確認をしようと思いますが」そういって三苫が目を向けるのに、マリエは大きく頷いた。

「お願いします。必要があれば任同も構いません」そして声を高くして付け足す。「ここにきて出てきた貴重な手掛かりです。慎重に、かつ漏れなく都々木の全てを明らかにしてください。三苫班と所轄のみなさんはよく見つけてくれました。ご苦労さま」

三苫が険しい目を和らげた気がした。

拳銃が見つからないまま数日が過ぎ、そのあいだに刑事部長の肝煎りで機動隊員が派遣されてきた。

大勢人が集まる場所、辰泊町に限っては数少ないが、そういった場所での立哨、または大きな道路での検問が随時行われる。夜間は、数人で巡回警らがなされ、出動服にヘルメット、警杖を握って歩き回る姿がそこかしこに現れた。それが町民に対して安堵を与えているのか、不安を与えているのか疑問を呈するところだ。その配置や管理に邑根署の警備課や地域課は手を取られ、普段の業務に支障をきたし始めていた。

友川が、筒井や三苫相手に愚痴りまくる。

「そのうち苦情がくるぞ。これじゃあ辰泊が日本一危険な町と喧伝しているようなもんだってな」

筒井も三苫も苦笑するしかない。野添がうっかり、刑事部長も本部長や世間にやる気を見せたいんでしょうねというものだから、友川が鼻息を荒くする。

「なにがやる気だ。本部にふんぞり返って、拳銃はどこにあるんだ、一人の容疑者も浮かばないのかと、親戚のオバチャンみたいに離れたところからチクチク嫌みをいっているだけじゃないか。そのうちトクトクと捜査のイロハを教えてやって、バカな真似を止めさせてやる」

そういう発言はセクハラです、という気にもなれず、マリエは書類を繰る振りをして雑誌を手にした。

真殿が関わっているファッション誌の最新号だ。

『狙われている子どもたち。辰泊町で今なにが起きているのか。』という見出しのあとに、女性警視が指揮を執る捜査本部という文字があり、短い受け答えが掲載されている。顔の映っている写真はないが、いつ撮られたのか、名前の横に首から下のスナップ写真が小さくあった。女性の警視として初の捜査本部指揮で、その気構えのようなことが書かれている。事件に関して問題がある記載はなかった。構える気持ちがあったが、真殿なりの判断だろうとひとまず安堵する。

上から友川の声が落ちてきた。

「そんな記事が出ている以上、刑事部長の期待には応えんとな」

事後報告だったが、マリエに関する記事が載るかもしれないと友川には伝えていた。本部にうまく話を通してくれたのか、マリエにお咎めはなかった。とはいえ、友川にしてみればあまり愉快なことではないだろう。いずれなにかいわれると覚悟はしていた。

顔を上げて殊勝な顔を作ってマリエは、はい、と返事する。

「事件が注目されるのとは別の視線があるわけだ。今どきは男も女も関係ないというが、それでも初の女性管理官がどういう成果をあげるかで、女性警官の今後に影響が出ることは間違いないからな」

「承知しています」

雑誌を閉じ、膝の上に下ろした手を拳に変える。

友川のようにはっきりいう者は少ないが、だいたい同じ考えだろうと受け止めている。女性の活躍の場を広げるために、最初に就く者が試金石みたいに扱われる。女性で初めて係長になった、課長になった、副隊長になった。問題なく仕事をこなしているようだから大丈夫だろう。僅かな数で試して、それでいけそうかなどどうして判断できるのか。それでよしと決めてしまえる根拠がわからない。そもそもの数が少ないからしようがないというのもあるけれど。

女性警官が交番に就き、拳銃を携行するようになった。今では当たり前のことだけれど、もしそのことで支障が起きたなら、やはり女性には無理だったか、という考えが瞬時に噴き出すのではないか。

とはいえ一度決めたことをたやすく変更したり、元に戻したりすることをしたがらないのも組織だ。世間と同様に、男女共同参画を推進していこうとする。それでも。

それでも、当事者である女性は意識しないではいられない。自分にかかる期待、自分のあとにやってくる後輩達のためにという思い。マリエがしくじれば、次に女性が管理官に就くのは少し先になってしまうかもしれない、という怯え。

警視に昇任して、所轄の刑事課長に就いたとき、樹々の揺れる音や虫の声に何度も飛び起きた。呼び出しの連絡かと思ったからだが、隣で眠る夫に呆れられ、案じられた。このままずっと熟睡できないようなら、部署を変えてもらったらどうかともいわれた。そんなことをすれば、警察という組織ではもう二度と前線で働かせてはもらえないだろう。夫には笑って大丈夫と答え、眠った振りをした。会社員の夫にはわからないだろうし、心配をかけたくないとの思いからだったが、誰にも心情を吐露できない辛さは溜まり続けた。あのころ既に、あらゆる愚痴や不安を聞いて、同じように憤り、案じてくれる親友は側にいなかった。いやいたけれど、話せる状態ではなかった。ベッドの上から白い顔で、『大丈夫よ、マリエ。焦らないで。ゆっくり変えてゆくのよ』とだけいってくれた。大きく上下する胸の様を見て、実貴子が力を振り絞って投げてくれた言葉だとわかり、涙が出た。

膝の上で握った拳をゆっくりほどいてゆく。

13

町役場の方から、お巡りさん多過ぎませんか、と問い合わせのような苦情のようなものが寄せられ、所轄が勝手に、「捜査本部の指揮官の指示ですので」と答えたと聞いて思わず舌打ちする。

どうせ友川か筒井辺りがそういえといったのだろう。ある程度の警備強化は必要だといったことで全てを押しつけられるのは、刑事部長よりはマリエの責任にした方が都合がいいからだ。ひょっとすると刑事部長もそんな思惑があってマリエに意見を訊いたのかと邪推する。ともかく配置したものは仕方がない。応援の部隊が問題を起こしませんようにと祈るだけだ。

行方不明の拳銃について記者連中の興奮状態も沈静化してきたころ、ひとつの悲劇が起きた。

所轄のトイレから出てきたところに、真殿が姿を見せた。思わず眉をひそめて、「今、インタビューを受けている暇はない」と撥ねつけると、すかさず「市野家でなにか起きたようですよ」と告げる。えっ、と振り返ると既に真殿は廊下を走り去っていた。

マリエはすぐに市野家に電話をかけてみたが留守電に切り替わる。野添を呼び、車を出させた。器用に狭い道をかい潜り、追ってくる記者をまくとそのまま市野の家に入る。

この家には会社勤めの大人も就学年齢の子もおらず、外に出て行かなくてはいけない必要性がない。それがわかっているからか、記者の姿も一人二人程度だ。門扉をくぐってジムニーが入ったのを気にした者はいないようだった。

引き戸を叩いて開けてもらう。顔を見せたのは娘婿の修也だ。普段は、離れだか納屋だかでネット販売の仕事をしていると聞いている。昼になるころだから食事のために母屋にいるのかと思ったが、それにしては娘の紗香が顔を見せないのもおかしい。通夜で見かけた子どもの声も聞こえない。

「奥さまは?」と問う。

「義母は今ちょっと」と口ごもる。普通、こういう場合、妻の紗香のことと思わないだろうか。マリエは緊張を走らせながら、「市野芳さん、どうかしたんですか。入らせていただいてよろしいですね」と強引になかに入り込む。慌てる修也を野添が、大丈夫、記者には気づかれていませんから、と柔らかく抑える。諦めたように息を吐くと、修也はどうぞと奥へ誘った。

広い上がり框から廊下を進み、奥の居室へと向かう。襖を開けると十畳ほどの和室で、絨毯を敷いて壁側にベッドを二つ置いている。手前の方のベッドに芳が横たわっていた。

「どうされたんですか」

敷居の手前で修也に尋ねると、短い躊躇いののち、「昨日の夜、風呂場で手首を切りました」と告げた。

マリエは息を吸って止め、そしてゆっくり吐き出した。後ろに控える野添からは気配すら感じられない。

「幸い傷口が浅かったので、近所の親しい医者にきてもらいました。大したことなかったのですが、落ち着くようにと薬を処方してもらい、それ以来、ずっと眠っています」

ベッドに横たわっている女性は六十前とは思えない容貌だった。通夜のとき、具合を悪くしたからと遺族席に着いていなかった。それ以後、訪ねていないからマリエは初対面になる。古くから地元で暮らし、外で働くことはしなかったが町内でのボランティア活動に熱心で、地域の女性グループのなかでリーダー的な存在だと聞いている。そんな活発な女性が今、青白い顔に、薄い眉をひそめるようにして眠っていた。側にある小机の上の薬袋や水などを見て、マリエは襖を閉じた。

「それで紗香さんは？」

修也が、ああ、といって首を廊下の奥へと振る。

「どうぞ」というので、そのままついてゆく。

廊下を二度曲がったところの居室の前で、修也が声をかけた。返事はないがそのまま開けて、警察の方といい、どうぞと体をずらした。

若い夫婦のために洋風に設えたのだろう、フローリングの床に白い壁、厚い絨毯が敷かれて応接セットやベビーベッドがある。側で紗香が直に座っている。失礼します、といってマリエも絨毯の上に正座し、眠っている子どもに手を添えている紗香の背を見つめた。

修也が、紗香と呼ぶと、ようやくこちらに顔を向けた。

疲弊というひと言では、片づけられない顔だった。人相が変わったといっていいほどで、その表情には哀しみも怒りも諦めすらも見えなかった。

「今、お母さまにお目にかかってきました。昨夜だそうですね」

紗香がマリエを見つめて、小さく頭を揺らした。

「お風呂が長いなと思ったんです。わたし、見たいテレビドラマがあったから早く出て欲しいなって。ドラマなんて、酷いですよね。父が死んでまだ四十九日もすんでいないのに。

でも、外にも出られないから、家にいても変なことばかり考えてしまって」

「変なこと？」

長い躊躇いののち、「父が、その、女子中学生に」といって言葉を切り、ああ、とマリエは吐息を呑み込む。ネットを使った誹謗中傷があまりに酷く、やがて市野家の人間も知るところとなった。その後、所轄の生安から被害届を出すように促し、書き込み削除に動いていた筈だ。

後ろから修也が、「パソコン類は全て、事務所代わりの納屋にあるので、母がネットを見ることなんかないんです。ですが近所の人が義父の法要や線香を上げにくるたび、そのことを話すのを聞きつけて」と口惜しそうに唇を歪めた。

ネットはパソコンさえ側から離せばいいが、近隣の人々の口を塞ぐのは難しい。特にこういう密な人間関係を構築する町内では、親しみや思いやりが間違った伝わり方をする。

「もちろん、わたし達はそんなこと信じてはいません。義父は正真正銘、天職として教師を務めていました。生徒のことを第一に考えて、人として間違った道に進まないよう常から腐心していた高潔な人です。義母もそんな義父を心から信じていたのに、それなのに心無い人が面白半分に噂を広めて。全く、腹が立つやら情けないやら」

「わたし達はいいの。でもお母さんが可哀そう」

「そうだね、紗香。お母さんが一番深く傷ついている。それでついあんなこと」

「大した怪我でなくて不幸中の幸いでした」と、マリエは労りをのせて口にした。

紗香が後ろめたそうに目を瞬かせる。「救急車をと思ったんですけど、また変な噂になっても嫌だなと考えちゃって。修也さんがかかりつけのお医者さんに頼もうと走ってくれて。いけなかったでしょうか」

「医師が大丈夫だといわれたのならいいと思います。こちらにいる方がお母さまには安心でしょうし」

「そうでしょうか。なんかわたし冷たい娘じゃないですか」

「紗香さん」マリエは少し膝を進め、軽く紗香の腕に触れる。紗香の目から涙が溢れる。

「だって父が死んだのにドラマを見て気分を晴らそうとしたり、母が手首を切ったのに、また世間が騒ぐと思って救急車を呼べなかったり。わたしは父に期待されない出来の悪い娘だったから」

「そんなこと」

「いいえ、そうなんです。学校でも市野先生の子どもなのにって目で見られて、でも勉強はできなかったし、都会に出る勇気もなくて、せっかく父が世話してくれたＪＡの仕事だって結婚を理由に辞めちゃって。きっと父は呆れていたと思う。父はわたしになにも期待していなくて、だからその分、自分の生徒に一生懸命で、それがきっと思い余ってあんな真似をすることに」

「紗香っ」さすがに修也が慌てて飛びつく。その腕のなかで紗香は泣き崩れた。

心無い非難にさらされる被害者の娘の動揺は哀れなほどだった。もうなにを信じていいのか、すがっていいのかわからなくなっているのだ。父の噂に抵抗するよりも、むしろさっさと信じた方が楽に思えるのかもしれない。

マリエと野添は、お大事にといって辞去する。

玄関まで送ってきた修也に、「ネット販売の方はどうですか」と訊いてみた。両肩をすくめる。

「今はちょっと中断しています。こんなときですから仕方ありません。それに義母だけでなく紗香から目を離すのも心配ですし」

「そうでしょうね」ところで、といいかけると、修也が手を頭に置いて、「あ、でも時どきはするかな。敷地内なので不自由はないですし、それに気晴らしにもなるので。紗香のこといえませんね。現実から逃げようとしている、わたしの方がよほど薄情です」という。

「そんなことは。それで、ちょっとお尋ねしたいのですが」

「はい？」

「市野忠良さんは生前、役場前の塾のことについてなにかおっしゃっていませんでしたか？」

「塾？　京東進学塾ですか？　いいえ、別に。なにか？」

「あ、いえ。それならいいんです。なにかありましたら、いつでもどんなことでも構いませんのでご連絡ください」

そういうと修也が礼をいって、小さく頭を下げた。

車を出したところで、門柱の脇に真殿が立っているのが見えた。野添も気づいて、「あの記者さん、昨夜、この家を張っていたんですかね。色んなところに目が届きますね」と呟く。

色んなというのが、佐原田のことも入るのかと思いつつ、もしかして野添はこのあいだの駐在所で二人きりで密談したことをいっているのかと勘繰った。

「野添さん」

「はい」

「三苦班長に調べるようにいっといて欲しいんだけど」

ハンドルを回して頷く。「なんでしょう」

今日の市野家でのことは、野添はつぶさに報告するだろうから、それで三苦への説明は充分な筈だ。

マリエはポケットから名刺を取り出し、連絡先を暗記する。横で野添がちらりと視線を向けたのに気づかない振りをして。

14

案じてはいたが、市野芳が自殺を図ったことが世間にしれた。

意外だったのが、そのことが町内に知られると、噂はいきなり反転したことだ。ネットへの書き込みにも市野忠良を擁護するコメントが増え始めた。

市野家の前には見舞の客がひっきりなしに訪れ、ついでのように周囲にいる記者連中をあしざまに罵（ののし）り、追い払い始める。地元の多くは市野家になにかしら世話になったり恩義を感じていたりするから、妻の自殺未遂という行為が忠良の潔白の証明のようになって、芳自身、命を以（もっ）て夫の無実を明かそうとした賢婦という話にまで飛躍した。そんな世間の節操のなさに唖然とするよりも、マリエは新たな暗雲が広がり始めているのを感じる。

市野忠良が無実なら、ネット上では忠良にわいせつな行為をされたということになっている飯田富美加のいい分は全て嘘だということになる。わいせつ行為も富美加が被害者だということも真実ではない。けれどネットでは憶測が事実であるかのように飛び交う。

富美加は中学校では問題児で、クラスでは浮いていた、仲間外れにされていたという書き込みはまだマシな方で、恋人は反社の人間、S市に出向いて友人と共に売春をしていた、薬でパーティをしていたなど、話はどんどんエスカレートしてゆく。また具合の悪いことに富美加はスマホでそんな書き込みを読んだらしい。

富美加については十四歳以上ということで、署で留置しながら聴取を続けている。いずれ家庭裁判所に送致され、審判となるか、検察逆送となる。現段階では、動機や拳銃の入手ルートについて黙秘しているから、捜査は続けなければならない。

警察署内だから当然、ネット環境は制限されている筈だが、面会にきた両親が娘に乞われてこっそりスマホを見せたらしい。監視していなかったのかという言葉を呑み込む。機動隊がやってきたせいで、署員数のしれている邑根署は人手不足の状態を強いられている。

「ご両親が弁護士と一緒に苦情をいいにきています」と所轄の警務課員が会議室に顔を覗かせた。面会で勝手な真似して苦情かよ、と佐原田が唇を歪めてため息を吐く。こちらの方が苦情をいいたいところだが、そうもいかないからマリエが対応する。

悲壮感溢れる母親と怒り心頭の父親、そんな二人の代弁者として静かに眉間に皺を寄せる若い男性弁護士。

「飯田富美加さんは未成年であり、しかも不当に長く勾留されている。留置場という劣悪な環境で身心共に疲弊しているところにネット上の讒言を受け、ご本人は元よりご家族知人までもが酷く傷つき――」云々。だから警察で、留置環境の改善やネットの流言飛語を取り締まれと弁護士が切り口上で告げる。

重大な罪を犯した十四歳以上の少年は、成年と同じく公判請求をされることもあるのは当然、弁護士ならわかっている。ただ、娘が被告人として裁かれるなど金輪際、信じたくない両親の手前、ひとまず迎合する形で同行してきたのだろう。マリエなりに理解を示す表情を浮かべるが、次に弁護士が述べたことにはさすがに頭に血が上った。

「富美加さんの体調が思わしくないようなので、留置場でなく市内の病院へ入院させ、当分のあいだ警察の取り調べは控えていただきたい」

「なにをおっしゃっているのでしょう。富美加さんは被害者ではありません。市野忠良氏を銃で撃って死亡させた被疑者ですよ」

被疑者なんて、と母親が悲鳴を上げる。

「傷害及び銃刀法違反の現行犯で逮捕されていますから。その後、市野氏は亡くなられ、罪状は傷害致死となりました」

傷害致死は重大な犯罪だ。成人ならほぼ実刑になる。マリエは黙って弁護士を睨んだ。若い弁護士はネクタイを弛めながら視線を逸らし、「まあ、そこは中学生のしかも女子ということでもあるのですから」と少しトーンを落とす。そのまま、両親があの子は悪くない、なにか事情があるのだ、果ては副校長に酷い目に遭わされて錯乱していたのだと喚き散らすのをちょっと冷めた目で見やる。無理難題をいわれ、弁護士としても説得が難航しているらしい。だからといってその尻を警察に持ってくるのはお門違いだ。

マリエは強い口調で、「弁護士さんとじっくりご相談ください。富美加さんの体調については充分留意しますし、必要であれば相応の処置は致します」といって立ち上がりかける。ふと思いついて弁護士に目を向けた。

「差し入れはどんなものをされているんですか」

泣きながら労り合う夫婦からマリエへと視線を移した弁護士は、そうですね、と記憶をたぐる。

「音の出るゲーム機とかは断られましたが、食事に着替え、学校のテキスト、アルバム、人形などはいいということで差し入れました」

「アルバムというのはご家族の？」

「いえ、卒業アルバムです。小学校の」

「辰泊小学校？」

「そうですよ」

マリエは礼をいって、部屋を出た。

野添にいって辰泊小学校のアルバムを取り寄せる。

学年は違うが、飯田富美加も飯尾朋美もちゃんと載っている。クラスごとの集合写真以外に、学校行事のスナップ写真も多く載せられていた。そのなかに運動会のものがある。学年混合で組分けをしたのだろう、二人は同じ組になったらしく、並んで映っている写真が見つかった。共に笑顔でピースサインを向けていた。

「なるほど。富美加と飯尾朋美は小学校のときから顔見知りだった。塾が同じで、親しくなる度合が深まったということですね」

富美加への尋問では、朋美が親友とは思っていなかったという事実を突きつけて、犯行の動機を白状させようとした。だが、富美加はなぜか頭から信じようとしなかった。そのせいで、板持や三苫班の捜査員はずっと攻め手を考えあぐねていたのだ。

「小学校からの付き合いなら、朋美さんが富美加さんを忘れるなんて考えられないでしょうね」

板持の得心顔を見て、それならどうして朋美は友達じゃないといったんだ、と一課の刑事が容赦なく突っ込んでくる。

板持が負けじといい返す。

「朋美さんは長野に引っ越して三か月。すっかり今の暮らしに馴染んでいるようでした。小学校時代に親しくはしていたけれど、その後、避けるようになった相手のことなど、すぐに記憶から消えてしまうのではないかと思います。十二、三歳のころは毎日が楽しく、思い出はどんどん上書きされていきます」

「じゃあ、富美加はなんでそんな朋美に肩入れするんだ。どうして朋美が市野に暴行されたと信じ込んだんだ」

中学校の副校長である市野忠良と朋美にほとんど接点がないのが問題となっていた。もし、朋美が市野によって不快な思いをさせられたと、富美加がそう思い込んでいた、思い込まされていた上での犯行とすれば、その根拠はなんだろうか。朋美は中学に上がって五か月もしないうちに引っ越している。よもやその短いあいだに市野に襲われたと、本気で信じたとは思えない。

マリエは思案顔のまま、三苫へ目を向ける。

「辰泊小学校を当たれ。在校生に限らず、卒業生、教師、事務職員、登下校の交通安全指導のおじさん、店先のおばさん、みんなだ」

三苫が声を張るといっせいに返事が上がる。

一課の班長はいうなれば刑事らの頂点に立つ刑事だ。どれほど厳しく怖い人物かと所轄は戦々恐々とする。それが案外と普通で、むしろどの刑事よりも物静かで、沈思するような表情はしても怒った顔はめったに見せないと知って、おや？　と思っただろう。指示も丁寧で、報告すれば必ず、ご苦労だったといってくれる。そんな三苫の態度に感化されて、所轄員の一課捜査員への遠慮までが薄まってゆく。雛壇から見る限り、以前からのペアであるかのような雰囲気さえ窺えた。そうか、これが哲学者三苫の力なのかと、マリエは思いを新たにする。

15

バイクを降りてヘルメットをハンドルにかけると、明るい茶の髪を指でかき上げて、真殿巴が近づいてくる。

辰泊から車で北へ十分も走ればほぼ山中で、舗装された道を少し上れば見晴らしのいい広場が現れる。地元の人が休憩に立ち寄るくらいだと聞いていたが、道路際に大きな樹木が並んでいるから通り過ぎる程度なら姿を見られることもないようだ。目の高さに鳥影が過（よぎ）る。

真殿がマリエの座るベンチの前で足を止め、ちらりと松の木の側にあるジムニーと運転席の野添を見やった。すぐに視線を戻してマリエに向かって軽く頭を下げる。

「管理官からお電話いただけるとは思ってもいませんでした」

「どうぞ」といって隣を示す。そして、飲む？　と缶コーヒーを差し出した。真殿が苦笑しながらも受け取り、座ってプルトップを引く。

「怖いですね。わたし、なんかしました？」といってひと口飲む。そして視線を正面に向けて、眼前に広がる山や田畑の景色をひと渡り眺める風をした。

「ちょっとお礼をね」とマリエはいう。真殿が顔を向けて首を傾げた。「お礼ですか？」

「市野芳さんのことを知らせてくれた。わたしにだけ密かに。そしてどこにもいわなかった」

すぐにマスコミは嗅ぎつけたけれど、それが真殿からの情報でないのはわかっている。

「まあ、うちの雑誌には載せられない案件でしたし。だいたい『辰泊町で今なにが起きているのか』自体、編集長に掛け合ってむりくり掲載してもらったくらいです。今回は子どもをメインにして書いたんで、なんとかいけましたけど」

「それでも同じ出版社の事件担当の記者には、教えても良かったわけでしょ」

「うちの事件担当、やなヤツなんです」

ふふっ、とマリエは笑う。真殿も肩をすくめて口元を弛めた。

「わたしの古い知り合いのことも載せなかったのね。それとも次号で？」

真殿が首を振る。「次があるかどうか。たぶん、ないと思います。管理官のネタならOKが出るかもしれませんけど」

「けど？」

「……その、お知り合いの方、交番で襲われたという、亡くなられていたんですね」

マリエは答えない。どうせ調べるだろうと思っていた。

「ご病気で。まだ四十代だったとか」

「四十四歳よ。わたしが警視に昇任したことを喜んでくれた。刑事課長を務めていたので、お見舞いも満足にできなかったけど、最期までわたしのことを励ましてくれていた」

「そうですか。親友だったんですね」

「同期。友達でも同志でもなく、仲間とも違う同期という間柄」

怪訝な顔をする真殿を見つめて、「それ以外の言葉で説明ができないのよ」と答える。

少しの間を置いて、頭の回転の速い真殿が軽く目を開くのがわかった。

「ひょっとして佐原田警部補も同期ですか？」

同期であり、男女の付き合いもあった仲だが、それはいわない。

「そうか。だから隠蔽(いんぺい)するんですね」真殿の口調が固くなる。

マリエは視線を前の景色にやって、「隠蔽していない。まだ、確認できていないだけ」

と返した。

「まだ？　調べる気がないんじゃないんですか？　刑事でもないわたしが尋ねて回ったくらいで知れたことですよ。警察が本気でやれば」

「今はほかに優先すべきことがある」

すうっと息を呑み込む音がした。「やっぱり警察って身内を庇うんですね。隠蔽体質ってホントにあるんだ」

「真殿さん」

「はい？」

マリエは真っすぐ眼鏡の奥の茶色い目を捉える。

「今、辰泊で事件が起きている。拳銃が一丁、消えたまま。小学生と中学生に拳銃を渡した人間がいて、それを使って人を撃てと唆したと思われる。小学生の男の子は事件で激しいショックを受け、その心に永遠に消えない傷を負った。寄り添うべき家族はマスコミの餌食となって、バラバラになりつつある。女子中学生は十四歳で人を死に追いやり、審判に付される。恐らく処分は厳しいものになるでしょう。ごく普通の、どこにでもある家庭の女の子がある日突然、犯罪者となった。ご両親は今も混乱のさなかにいる」

睨み返してくる目を受け止め、言葉を足した。「まだ事件は終わっていない。新たな犠牲者が出るかもしれない。わたし達は、なににも優先して事件解決に努めなければならない」

「管理官のおっしゃることはわかります。わたしはただのファッション誌の記者ですから、警察の内情を暴くような記事を書くつもりはないです。ですが、事件が終わってもなにもなさらないようなら、それなりの対応はします。マスコミの使命として」

マリエはゆっくり頷く。

「呼んだのは、そのことじゃないのよ」

「え。なんですか」と拍子抜けした顔をする。途端に幼さが浮き出る。

「あの晩、市野芳さんが自殺未遂を起こされた夜のことだけど」

「ああ、はい」

「医者を呼ぶようにいったのは、あなたなのね」

はっという顔をして、目を細める。「どうして」

「あのね、わたし達が医者に話を聞かないとでも思った?」とちょっと呆れて見せる。

「あ、そうですよね。お医者さまだから守秘義務あるかなと思っていたけど、誰が側にいたかくらいはいいますよね」

「変だと思ったから家に入った? それとも既になかにいた?」

「訪ねようとしていたときでした」

芳の自殺未遂後、確認のために刑事が聞き込みをすると、真殿が何度か自宅を訪れているということがわかった。

「救急車を呼ばなかったのは、あなたの判断?」

「いえ、呼びましょうと声をかけたら、修也さんが騒ぎになるみたいなことをいって、それで紗香さんも酷く不安そうな表情をされたので。近くにお医者さまはいませんか、と提案したんです。芳さん、出血はしていましたけど意識はありましたから。それですぐに修也さんが飛び出していったんです」

「あなたは、以前から市野家の人とは親しくしていたの?」

「親しく、というか。主に紗香さんとはお話をさせていただいていました」

「真殿さんが事件記者でないことが良かったのかな」

　市野忠良が中学生にわいせつな行為をしたという噂が出てから、マスコミに対してはもちろん、警察の事情聴取にも家人は頑な態度を見せていた。芳や紗香はほとんど家に閉じ籠もる日々で、不安と共に酷い閉塞感に苛まれていただろう。そこに真殿巴は、自分はファッション誌の記者で事件ではなく、辰泊に古くから暮らす人に地元のことを語ってもらいたい、とかいって近づいた。年齢も近かったし、同性であることも良かったのか、紗香自身、誰かに話を聞いてもらいたい欲求もあったのだろう。真殿は間もなく市野家に受け入れられるようになった。

　新人記者のわりにはなかなかやるではないか。感心する気持ちとは裏腹に、口調をきつくした。

「どんな話をしたのか聞かせてもらえない？」

「事件のことはほとんど話してません」と真殿が目を逸らしながら答える。

「市野忠良さんのことが話題になったことは？」

「ええ、まあ多少は」

「どんな風に？」

　真殿が大仰に肩で息を吐いてみせる。

「これでも一応、記者ですから、聞き込んだ話をぺらぺら喋るような節操のないことをするつもりはないです」

「わかっているわ。代わりに、あなたに情報をひとつ、といったら？」

「なんですか」とファッション誌の記者は前のめりになる。

「そっちの話を聞いてから」

すぐに体を起こして背を反らす。うーん、と思案するような声を出すが、すぐにポケットからメモ帳、ペン、ヴォイスレコーダーの三点セットを取り出した。


市野紗香は、噂やネットの書き込みに動揺し、父親に疑いを抱くようになった、と真殿が気の毒そうな目をする。

家に閉じ籠もる生活のなかで、紗香と母はたびたび口論になったという。市野芳は、夫が女子生徒にそんな真似をする筈がないと頑として信じない。紗香が、学校でどんな風だったかなど、仕事をしたことのない芳にわかるものかと反発すれば、お父さんは昔から真面目で誠実な人だったと顔を真っ赤にして憤った。

学校だけでなく近隣からも信頼され、なにかと相談も受けていた。子どもが勉強しない、悪い仲間と遊ぶ、家に寄りつかない。仕事で散々悩まされているような話を自宅に帰っても聞かされることに倦むことなく、ひとつひとつ丁寧に対応していた。

「紗香さんは、子どものころからそんな父親の姿を目にしていて、他人の子どもの世話はしても自分の娘は蔑ろにしているのだと、嫉妬のような僻んだ気持ちを抱えていたみたいです」

「なるほどね」とマリエは相槌を打ちつつ、よくある話だと思う。

「結婚したあとも、子どもができても、紗香さんと父親の距離は縮まることはなかったと、いっていましたね。むしろ夫の修也さんについて非難めいたことを聞かされるに至って、余計に父娘の溝は広がったようです」

「非難って？」

「修也さんがバイト程度の仕事しかしていなかったのが気にくわなかったのだろうと、紗香さんは思っていたようです。こんな小さな町じゃ、農業以外の定職となると数えるほどですし。そういう意味では修也さんは気の毒なんですが」

　東京での仕事がうまくゆかなくなり、地元に戻ってやり直そうとしたのだが、今の時代、余程の才覚がなければ難しいだろう。市野家に婿養子に入って、義父母と同居することでようやく生活が維持できていた。だが最近になって、そんな暮らしから抜け出せる目途が立った。

「ネット販売を始めるのでしょう？」

「はい、地域のためにもなる仕事ですし、紗香さんもやる気満々だったそうです。なのに、その仕事にもケチをつけるようなことをいわれて、それでお父さんと激しくいい争いをしたとか」

「紗香さんが？」

「ええ。修也さんは見た目通りの優しい大人しい方だそうで。一方の忠良さんは教師で、いうことにも筋が通って反論を許さない感じだから、いわれっぱなしのご主人のために紗香さんがあいだに入って、大層な喧嘩になったことがあるそうです」

「そうなの」

「今どき、入り婿になって親と同居してくれるなんて都会じゃ考えられないですけどね」

真殿が紗香に肩入れするようないい方をする。マリエはなんとも答えず、「その後、芳さんの具合はどんな感じ？」と尋ねた。

「怪我の方は大丈夫のようです。ただ、精神的な部分がまだ。寝たり起きたりという状態と聞いています」

「今、ネットの書き込みの内容が変化しているのは知っているわね」

「はい。忠良さんは純粋に被害者、女子中学生は質の悪い女。まるで逆のコメントが乱舞していますね」

純粋な被害者というのもおかしいが、世間はそう見ているのだろう。

「その女の子、辛いですね」

真殿が呟くのに、ちらりと視線だけ投げる。

マスコミが市野忠良を追い回す以上に、飯田富美加のあれこれを探っていることは誰もが知る。週刊誌は匿名ながら、学校や近隣でどんな風に見られていたか、本人だけでなく両親はどんな人間なのか、親戚や知人が真実を証言したなどなど、どこまで本当なのかわからない刺激的な話を載せている。この狭い辰泊の町でそんな記事を見聞きしたらどういうことになるのか、大きな街でしか暮らしたことのないマリエにはわからない。ただ、戸浦樹の一家同様、飯田家もいずれこの町を去ることになるのだけは容易に想像がついた。

拳銃を渡して、傷害若しくは殺人を唆した犯人はいったいなにが目的なのだろうか。

捜査本部では、これは愉快犯で、世間を騒がせてやろうという、それだけが目的の犯行ではないかという意見が、毎度のように出ていた。二人の被疑者に共通するものが出てこない以上、そちらへ舵を切るべきなのかもしれない。だが、マリエはもう少し、と考えている。なにかがこの町には潜んでいる、そんな気がしてならないのだ。

「管理官、風石さん」

はっと意識を戻す。真殿が物欲しげな目を向けていた。

「情報ってなんですか」

マリエは、小さく頷き、声を潜めた。話を聞いた真殿が、眼鏡の奥で目を瞬かせる。

「え。あの塾ですか？　塾にそんな噂があるんですか？」

さすがの真殿も、相談箱と『願いごと博士』のことは知らなかったらしい。事件であっても子どもにも関わることだから、真殿の雑誌でもいけると判断したようだ。目に喜色を浮かべて立ち上がると、挨拶もそこそこにバイクの方へと駆け出した。後ろ姿を見送ることなく、マリエもジムニーへと向かう。

助手席に乗り込み、野添に真殿との話の内容を全て聞かせる。黙ってフロントの向こうを見ていた野添が、なにも問い返すことなく、「次、どこに行きますか」とだけ口にした。

捜査本部に戻る途中、三苫から連絡が入った。

「新たな事実が判明しました。都々木ですが」

横から、野太い声が割り込む。筒井だ。

「こっちの調べでようやく接点が見つかった。都々木優美はとんだ塾の先生だ。東京の八王子で教師をしていたときホストに入れあげ、多額の借金を負った。返済のため風俗で働いていたのがバレて教師を馘になり、そのあとは暴力団員の女になっていたようだ」

スマホホルダーに顔を寄せていたマリエは頰を強張らせる。ハンドルを握る野添の目が、どんどん険しくなるのが見えた。

「その組員はどこの誰かわかっているんですか、筒井管理官。拳銃を回したのはその」といいかけたところで、再び、三苫の落ち着いた声が聞こえる。

「現在、警視庁の組対に協力してもらって、その組員を捜しています。ただ、八王子市界隈を仕切っている組が、今回、銃を手配した構成員の組であることからも恐らく間違いないと思われます」

「三苦班長」

「はい」

「都々木優美を任同しましょう」

「はい」

遠くで筒井が、行くぞ、と怒鳴っているのが聞こえた。スマホを切ったあとも、マリエは身動きせずに息だけを整える。

野添が短く告げた。

「筋が見えてきましたね、管理官」

やっと繋がりかけている一本の線。東京の組員が手配した拳銃が、S市の暴力団員にさばかれた。東京で組員の女であった都々木優美ならその情報を知っていた可能性はある。いや、都々木以外に知りようがないのではないか。こちらへ移り住み、京東進学塾の講師になったのはいつからだっただろう。今でもその組員と繋がりがあるのだろうか。いや、きっとある筈だ。たとえ切れていたとしても、なにかの折に東京に出たとき、声をかければ組員は相手をしたのではないか。

「都々木優美がこちらにきたのはいつだった？」

マリエが問うてくるのがわかっていたのか、野添は素早く簡潔に返事する。

「辰泊に住みついて二年と七か月になります」

「どうしてこっちにきたのか。土地鑑があるとか？」

「いえ、それらしい情報はありません」

「野添さん」

「はい」

「都々木優美ってどんな女性？　年齢は確か三十代よね」

野添は何度か塾に足を運んで、都々木にも話を訊いている。

「三十三歳。ひと言でいえば男好きのする容姿ですね」

「へえ」ちょっと意地悪く横目で見る。

「あ、すんません。これってセクハラ発言ですね」と、野添がハンドルを握りながら苦笑いを浮かべる。いい訳のように、「所轄の刑事らがいっていた話です」と付け加えた。

「いいわよ。そんな色気のある、まだ若いといっていい女性がこんな辺鄙な町で塾の先生をする理由はなにか、大いなる疑問だわね。男関係は？」

三苫がここ数日来、都々木を行動確認している筈だ。

「今のところ出てきません。ただ」

「ただ？」

「近隣や同僚の話では、休みになると車で遠出をしているようです。シルバーのインプレッサ、S県ナンバーです。出かけるときはいつも色っぽい、いえお洒落（しゃれ）な格好をしているので、きっとデートだろうと噂しています」

町内の情報網、監視の目は侮れない。ふうむ、とマリエは指で顎をなぞる。ここからなら東京にも日帰りできる。塾が終わったあとに車を飛ばして、東京の元カレに会いに行っていたか。それともS県か近隣県にいる誰かか。

「都々木優美だとしても、なにもかも一人でできることじゃない。拳銃がこのS市の構成員に渡ったという情報は手に入れられたとしても、それを奪うなんて真似、女性にはできないでしょう」

「共犯者、いやそいつが主犯ですかね」

定期的にデートする相手を見つける必要がある。すぐに友川を通じてNシステムで行先を確かめさせよう。都々木が東京へ行っていたのなら八王子にいるときに付き合っていた反社の男になるが、県内や他県に行っていたとすればまた話が違ってくる。いや、まだ推測するには情報が少な過ぎる。

「とにかく、戸浦樹、飯田富美加と接点があり、拳銃を入手する機会があった以上、都々木優美は事情聴取に値する。本人の口からある程度の、あ」と思わず叫んで、野添に振り向かれる。

「取り調べを三苦さんに頼むという指示を忘れた。筒井の鬼っ子連中がしゃしゃり出てくる」と唇を噛んでいると、「班長のすることにぬかりはありません」と隣から明るい声がする。忠犬ハチ公が高らかに吠える声が聞こえた気がした。

16

確かに、野添のいった通りだった。

どうやって筒井を説き伏せたのか、邑根署の取調室には三苦と一課ベテランの年配刑事、そして記録係として女性刑事が入っていた。隣の監視部屋では、ガラス窓に鼻をくっつけんばかりにして筒井が覗き見している。組対の刑事もいたが、マリエと野添がなかに入ると会釈して場所を譲った。

窓の向こうには、都々木優美が外窓を背にしてパイプ椅子に深く腰かけている姿がある。肩を越す長さの黒髪に切れ長の目、美人ではないが面長で色白、艶のあるぶ厚い唇を持つ。細身だがセーターの上からでもスタイルの良さは窺えた。マリエのイメージした塾の先生とは違うが、塾生らには人気があったという。

マリエが入ってきても視線ひとつ振らない筒井の横顔に、「どんな感じですか」と問いかける。鼻息ひとつ吐いて、筒井が腕を組んだ。

「大したタマだ」

組対の管理官がひと言で断じるのだ。それで都々木優美の本性が知れた気がした。マリエは窓の向こうを睨む。

「もう一度、尋ねますがね」

一課で数々の事件を捜査してきた年配刑事が、疲れなど見せず、むしろ微かな笑みさえ浮かべて都々木優美に相対する。「辰泊町にある『京東進学塾』の講師になられたのはどういった経緯で？　それ以前は東京の八王子にお住まいでしたよね」

向かいに座る都々木が、長い髪を指先でいじりながら淡々と答える。

「八王子でわたしがどんな暮らしをしていたのかはご存じでしょ。ヤクザから逃げるのにどこがいいかと地図に適当に指を置いたら、それがこの辰泊町だったの。辰っていい響きじゃない？　人生をやり直すには、昇ってゆく生き物にならないとね」

八王子市でのことは全て認めている。ホストに入れあげ、風俗で働き、教師を馘になった。その後、八王子の風俗店周辺を縄張りにしていた組の男と半同棲（はんどうせい）のような暮らしをしていた。

「八王子のヤクザから逃げてきたといいながら、時どき東京方面へ行かれていますよね。いくら大都会といえども、いつおっかない連中に見つかるかしれない。なのにどうしてそんな無茶をしてまで出かけていたんですか」

この辺りのことは、刑事特有のはったりだ。まだ、都々木の車が休みのたび、どこに出かけているのか確定はされていない。

「だって」と黒髪を揺らして首を左右に振る。「買い物をするには、やっぱり都会に出ないと」

「ここからなら名古屋も近いですし、横浜もありますがね」

「比べようがないでしょ」

埒が明かないとわかって、刑事は飯田富美加と飯尾朋美の話を持ち出す。

「驚いたわ」とこれまでとはうって変わったような真剣な眼差しを作る。「そんな大それたことをするような子には見えなかったもの」

「飯田富美加さんのことはご存じでしたか」

「まあね」

「どんな塾生さんでしたか？」

「そうねぇ。どっちかっていうと地味な感じかしら」

「ですが都々木さんは直接、彼女の授業を受け持ったことはありませんでしたよね」

「あら、でも同じ塾だから顔は知っているし。仲の良かった朋美さんはわたしの受け持ちだったから」

「しかし、地味な生徒さんとおっしゃった。見かけた程度でそうとわかるものですか」

「わたし、中学校の教師をしていましたから。生徒の顔を見ればだいたいどんな子かわかるし、顔と名前を覚えるのは苦じゃないの」

「なるほど。ところで、あなたの生徒であった朋美さんが具合悪そうにしているのをしばしば見かけたとか」

「しばしばなんていってないわ。見たことあるっていったかもしれないけど」

「そんな朋美さんを飯田富美加さんが気遣っていた、と証言されていますね」

「そうだったかしら」

「しかし妙ですな。その飯尾朋美さんですが、塾で体調を崩したことも、そのせいで富美加さんから心配されたこともないと、はっきりいっていますよ」

「そうなの？　なら、別の生徒と見間違えたのかな」

マリエが舌打ちするより先に、筒井が盛大に舌打ちする。

三苫がゆらりと近づき、静かに問いかけるのが見えた。

「中学校の教師をされていたこともあって、生徒さんの顔を覚えるのは苦ではないと先ほどいわれました。受け持ちの朋美さんはもちろん、親しくしていた別のクラスの富美加さんの顔も知っているといわれた。地味な生徒であるということまではっきりと」

「だから、それが見間違えたのかもっていってるの。だってたくさん生徒さんがいるのよ。騒ぎ回っている子も具合の悪い子もいるわ」

「そうですか。では、相談箱についてお尋ねします」

唐突に相談箱といわれても、都々木は動揺ひとつ見せない。訊かれるとわかっていたのだろう。

「そのなかに飯尾朋美さんに関する相談の手紙はなかったですか？」

都々木が立っている三苫に視線を走らせたあと、髪を揺らして横を向いた。

「いえません。個人情報ですから」

それからも尋問は続けられたが、結局、これといった供述は得られなかった。三苫とベテラン刑事のあの手この手のさぐりにも、都々木は顔色ひとつ変えず最少の返答ですませる。一筋縄ではいきそうにないとマリエは感じた。

「任同に素直に応じたところからして、こうなることを見越して準備していた可能性がある
な」と筒井もいう。

「誰かの入れ知恵ですか」

「かもな。今、Nシステムで都々木の車の行先を追っている。東京ならまた警視庁に協力を頼むことになる」

「そうなったら、わたしが友川課長を通じてお願いします。こっちからもまた出張らせましょう」

「しかし八王子の組員が勝手に組を抜けて別の県で悪さをするなどあり得ん。少なくとも

今回のヤマは連中が起こす事件とは思えんな」

「反社ではないと？　もし、都々木が出向いた先が県内や他県なら、その可能性は高くなりますね」

「うーむ」

「今回の小・中学生を使っての拳銃使用の目的がはっきりしない以上、新たな人物の存在の可能性も考えるべきかと」

「そうさな。とはいえ、その謎の人物をどうやって引きずり出すか、風石管理官と三苫の腕の見せどころだな」とにやりと唇を歪めた。マリエは黙って視線を窓に向け、三苫の横顔を見つめた。


　都々木優美からこれといった話を引き出せないまま、ひとまず家に帰すことになった。すぐに野添らが張りつく。

　その後のNシステムの追跡で東京だけでなく、県内のS市、H市方面に向かう都々木の車が捉えられていることが判明した。

「詳しい行先は分析センターの解析を待ってのことになるが、教師を馘になって以降、都々木には東京で親しく付き合える人間はいない。いるとすれば昔の男くらいでしょう」

三苫が会議室で口にすると、他の刑事が首をひねりながら問う。

「つまり八王子市の組員ということですか。最初に拳銃を入手した」

「恐らく。関係が全く切れていなかったとすれば、拳銃の存在も耳にできただろうし。それがS県S市に流れたことも知っていたかもしれない」

「さすがの三苫もそこまで自供させるのは難しかったか。腕がなまったなぁ」

筒井が茶々を入れるのにもまるで反応せず、三苫は報告を続ける。

「肝心なのは、S市に流れた拳銃を誰が横取りしたかです。都々木には必ず共犯者がいる」

「八王子の組員では？」

筒井が雛壇から、一同を凍らせるような目を向けて低い声で指摘する。

「三苫の話をちゃんと聞いているのか、こら。八王子のヤクザが、なんでわざわざ自分が流した拳銃を奪うんだ？　銃はうちの県の組員から盗まれたんだぞ。万一でも、そんなふざけた真似してみろ、バレたら東京とS県で抗争になるだろうが」

所轄刑事らがいっせいに目を伏せ、会議室は一瞬で鎮まる。

そこに野添が呑気に手を振って見せる。

「組のことは組対課にお任せするにしても、都々木がどうして辰泊にきたのか、その辺もっと探る必要あるんじゃないですかぁ」

「なんだ、お任せって。俺らは食堂じゃねぇぞ」

「食堂じゃ、お任せコースなんて洒落たもの出ないですけどね」と隣に囁く振りをして野添がいうと、途端にあちこちで含み笑いがおきて、場の空気が元に戻る。

現在、警視庁の組対課にも八王子の組の動向について調べてもらっているが、捜査本部からも組対と一課の刑事が出張っている。都々木と繋がる組員が知れれば、更に取り調べで追い込むことができる筈だ。

三苫が野添の進言を受けて、「確かにそこが大きな疑問だ。今、東京に行っている連中に都々木の教師時代から遡って当たらせよう」という。いずれ全てを自供させると締めくくって、三苫が席に戻った。

代わって佐原田が立ち上がり、板持と共に報告をする。辰泊小学校で聴取したところ、新たな事実が判明した。

「飯尾朋美は小学生のころ、ガールスカウトをしていました。辰泊の町内や山野に出かけてはさまざまな活動をしていましたが、そこにボランティアグループも手伝いという形で参加することが多かったようです」

「それってもしかして」とマリエは顔を向けた。佐原田がしっかりと頷いた。

「市野芳がリーダーを務めるグループです。ガールスカウトのメンバーは活動終了後、市野宅に寄って休憩、ときには食事をしたりおやつを食べたりして過ごすこともあったようです。辰泊町と高江町は隣同士、歩いてもさほどの距離はありません」

「それなら、朋美はやはり市野忠良に？」

　板持が立ち上がって否定する。

「その可能性はやはり低いと思います。市野家に立ち寄ったにしても、芳さんもいますし、引率の大人たちもいます。他の女児らに知られず、朋美さんに対してわいせつな行為をするのは無理があります。当時のガールスカウト仲間に聴取しましたが、朋美さんはいつも元気で様子がおかしいことなどなかったといっています」

　マリエは、市野忠良が本当に女児にわいせつなことをしたかどうかは、この際、関係ないと思っている。市野家にしてみれば大きな問題だが、それはいずれ拳銃を渡した犯人が検挙されれば明らかになることだ。

「つまり」と板持がマリエの思うところを述べる。「市野忠良さんによる性犯罪があったという事実よりも、それを疑われるに足りる条件、そういう目に遭う可能性の存在を示すことができれば、飯田富美加さんを操れるのではと考えます」

「そう簡単に信じるかな」と捜査員が首を傾げる。

　佐原田が頭をかきながら、砕けた表情をした。

「私的なことで申し訳ないが、実は、わたしの息子がここに暮らしています。祖父母に面倒をみてもらっていて、まあ遠距離家族ってやつですね。そのせいもあってか、息子はわたしのいうことよりも周囲が話すことをたやすく信じ込む傾向がある。このあいだも、わたしが捜査員として辰泊にいると知った学友から、板持と一緒にいるのを見かけた、仲が良さそうだといわれたらしくて。それでまあ、すっかり板持くんがわたしの恋人だと誤解してしまったようです」

祖父母から話を聞いた佐原田は息子に説明し、ようやく納得してもらったといって苦笑いを浮かべてみせた。「ようは、子どもはその状況だけで判断してしまう、ということをいいたいわけです。しかも大概が自分にとって良くないことと悪いことと思われる方へアンテナが傾く。自分に起きている不都合の原因に当てはめようとするんですね。息子もわたしにほったらかしにされているのは、恋人がいるせいだと思いたかったのでしょう。決して、自分が疎まれているとは思いたくないから。だから周囲の人間、特に友人や信頼する人の発言には簡単に揺さぶられる」

「都々木優美が唆したってことですか」

そう問うと、佐原田がゆっくり頷いた。「可能性はあるでしょう」

板持が少し声を張る。「飯尾朋美さんが急によそよそしくなったこと、そして突然、富美加さんにひと言もいわずに長野に引っ越したこと。自分がよもや嫌われていたとは思いたくない、思えなかった。そのことに深く悩んだ末、相談箱に投げ入れた可能性がありま す。都々木優美がそれを利用したというのは考えられませんか」と頰を赤くしつつ、しっかり発言する。

「つまり、自分の落ち度ではなく朋美さん自身になにかが起き、それで二人の関係がおかしくなったと信じる方が富美加さんには都合が良かった。だから、市野が犯罪行為をしたと安易に信じてしまった、ということね」マリエが補足すると板持は大きく頷いた。マリエは三苫に顔を向ける。

「飯田富美加への聴取の際、そのことをぶつけてみるのはどうですか」

「市野忠良は潔白だった。朋美は被害など受けていなかった、と？」

「そうです。更に突っ込んで、相談箱に入れたという供述が取れたなら、それを利用されたといってもいいかと思います」

「そうした場合、富美加の精神的ショックは看過できないものになるのでは？」

さすがの三苫も微かに眉を寄せた。

マリエは顎を指で撫でる。捜査員らが注視しているのを感じる。ここが踏ん張りどころだ。

富美加がどうして市野忠良を銃撃するに至ったか。その動機が判明しなければ、事件は前に進まない。富美加の気持ちばかり慮っていては、市野家はいつまでたっても浮かばれない。真実はいずれ知れることだ。

「医師を待機させましょう。状況次第で留置場から病院へ移送してもいいか、上に確認を取ります」

板持が勢い良く立ち上がる。「わたしも尋問に立ち会います」

「いいでしょう。佐原田さん、お願いします」

「了解しました」

号令がかかり、捜査員がいっせいに席を立った。

17

警視庁からの結果報告が出そろい、東京へ出張していた刑事が戻ってきたタイミングで、捜査会議を開くことになった。それが今日、十一月十二日火曜日の午前十時で、開始まであと一時間あまりというころ、思わぬことが起きた。

都々木優美を見失ったのだ。

任意同行という形で連日、取り調べを行っていた。仕事にでかけるときも自宅にいるときも所轄と一課の刑事が見張っていたが、今朝、回覧板を届けにきた女性がインターホンを鳴らすのに応答がないと知って、慌てて飛び込んだ。

家は二階建てで横並びに三棟が並ぶ賃貸物件。いわゆる三戸一と呼ばれるものだが、その真ん中の家が都々木の住まい。土地が広いから各戸に庭がついており、それぞれ胸の高さのブロック塀で囲われている。塾から住居費も出るそうで講師らはそこを借りて暮らしていた。

家のなかに都々木が寝た跡はなく、どうやら深夜に抜け出したと思われた。昨夜担当した刑事らは、表の玄関口と庭側とを監視していたが、夜中の一時ごろ裏の林のなかでちょっとしたボヤ騒ぎがあった。枯葉に火がついたものらしく、慌てて刑事や近くを巡回していた機動隊員が消火に当たり、消防団がくるころには鎮火された。もちろん、都々木を張るための刑事は残していたが、あいにく玄関側に一人だけだった。庭を張っていた刑事が消火活動をしながらちらちら様子を窺いはしたが、部屋に電気が点いていたので安心していたらしい。元の配置に戻ったあと、点いていた電気が消えるのを確認したので、てっきりいるものだと思い、そのまま張り込みを続けた。そして翌朝、慌てて調べたところ二階の部屋の電気のコンセントにタイマーが設置されていて、ボヤ騒ぎに乗じて抜け出し、その後、電灯が消えるように仕組んで誤認させたことが判明した。恐らく二階の窓から、隣のブロック塀の向こうへと飛び降りたのだろう。それらしきスニーカーの足跡が見つかった。

ボヤ騒ぎのことは捜査本部に連絡は入っていたが、近くにマリエも三苦もいなかった。

「つまり火事はわざと起こされたということですね」所轄の署長が意気消沈したように呟く。

「そうに決まっているだろう」と友川が怒鳴る。朝の捜査会議に出るために早めに姿を現わしたところ、そんな顚末になっていると知ってすこぶる機嫌が悪い。捜査員のほとんどは都々木の行方を追って、今も辰泊町と高江町及びその近隣を駆け回っているから、会議室には幹部と少数の連絡担当しか残っていない。ただ事でない様子を察知したマスコミも駆け回っているから、町内はまた喧騒（けんそう）に塗（まみ）れた。そして最悪の事態となる。

夕方になって、山中で都々木優美の遺体が発見された。

銃による殺害だ。額の真ん中を撃ち抜かれ、即死であったと思われる。近くに、消音のためか使い古された枕（まくら）のようなものが硝煙反応と血痕（けっこん）が付着した状態で捨て置かれていた。山の様子や町との距離から考えれば、枕を額に当てなくとも音は聞き咎められなかったのではないか。だが、警察官が溢れる町だからと、犯人は念には念を入れた。

その一報を聞いたマリエは、全身が悪寒に震えた。雛壇のなかほどに座って、人目もはばからずテーブルの上で拳を作る。

誰の目にも明らかだ。

主犯格はすぐ側にいる。

そいつは警察の動きに目を凝らし、聞き耳を立て、マスコミや近隣の人間の動向を把握し、そして周到に犯行を重ねているのだ。マリエはこれまでいくつもの事件に携わった。刑事として、刑事課一係の係長として、そして刑事課長として。だが、これほど醜悪で怜悧（れいり）な犯行には一度も出遭ったことがない。

なのに動機が皆目わからない。

いきり立つ友川の声を遠くに聞きながら、マリエは瞼(まぶた)を半分下ろしたまま唇を噛む。そうしていなければ足の震えが上半身までせり上がってくる気がした。これまで会った町の人々の姿を思い浮かべ、ホワイトボードに書ききれないほどの関係者氏名を目にして思考を巡らせる。

わからない。わからない。――恐い。

犯人でなく、このなにもわからない状況が恐い。目を瞑って、椎名実貴子の顔を思い浮かべる。実貴子ならどんな言葉をかけてくれるだろう。なんと励ましてくれるだろう。警視になって管理官という職に就き、初めて事件を任された。見事解決できれば、次のステップへの大きな足掛かりになる。そう意気込んでやってきたのが、このザマだ。情けない。やっぱり駄目なのか。女だからか。それともマリエだからか。会えるものなら実貴子の病床に駆けつけ、どうしようと泣き言を吐きたい。そして慰め、力づけてもらいたい。そうじゃない落ち着け、マリエならできる、しっかりしろ、と。

拳が微かに震える。ああ。

「管理官」

すぐに強い口調に変わって、「風石」と呼ばれた。はっと目を開けると、佐原田が覗き込んでいる。目を合わせたまま唇だけが動き、大丈夫か、といっているとわかった。側に友川も筒井もいるから滅多な声かけはできないと気を遣ったらしい。マリエは、軽く頷いて目を瞬かせた。

「どんなやつかわからないが、ホンボシは近くにいるとわかったんだ。捕まえるのも時間の問題じゃないか」

佐原田の軽々しい口調がありがたかった。

そうだ。これは辰泊か若しくはその近辺に住む人間の犯行だ。そうでなければたとえ深夜であれ、誰にも見られずに女を誘き出し、山中で発砲するような暴挙は行えない。数を減らしたとはいえ、機動隊員による夜間巡回警らは続けられている。ただルーティンワークになっているから、警らする場所や回数、時間などは観察していれば自然とわかる。誰もいない時間、誰も通らない道、その隙間を狙って行われたのではないか。土地を知らずして行えるものではない。暮らす人々の生活習慣を知らないでできはしない。

現場から先に戻っていた三苫が、冷静に現状について報告する。

「たとえ近くにいたとしても、深夜一時から遺体発見まで既に相当時間が経っています。念のため規制線を張り、検問を実施していますが恐らく結果は出ないでしょう。あとは防犯カメラの解析と目撃者探しになります」と一旦、言葉を切って、再び顔を上げる。「車を使ったならカメラに捉えられている可能性はありますが、山に囲まれた町ですから徒歩で移動された場合、見つけるのは難しい」

つまりとっくに逃げているといいたいのだ。マリエの弛みかけた顔の筋肉が、再び強張る。

「だが、地元若しくは近隣の人間であれば、突然、姿を消したら怪しまれる。自ら犯人と名乗りを上げるようなものだ」と佐原田が抵抗するようにいうと、三苫が無表情にそんな佐原田を見つめ返す。

「ここにとどまっているというわけですか」

階級は三苫の方が上だが、あえて丁寧な言葉遣いをする。そのことを佐原田が訝しむ様子を見せながらも答えた。

「可能性としていっています」

「こちらの情報が漏れていなければ、それも考えられますがね」

「え？」

佐原田が軽く目を開く。三苫は黙って佐原田を見つめ、そしてゆっくり視線を逸らした。マリエの鼓動が早まる。

友川が聞き咎めて、「どういうことだ」と尋ねた。窓際では筒井が振り向いてこちらを見ていた。佐原田が口を開く前に、マリエがいう。

「拳銃が一丁不明だという事実がリークされたこともあって、捜査本部の面子(メンツ)に対し多少、懐疑的になるのは仕方がありません。ですが、今はそんなことをいっている場合ではなく、万一にも都々木優美殺害の拳銃が当該拳銃であった場合の、各方面への対応を考える必要があるかと思います」

　警備体制について刑事部長と意見の対立をみた友川にすれば、今回のことは結構な問題だ。難しい表情を浮かべると、まだ鑑識から報告はないのか、と喚きながら熊（くま）のように歩き回り始めた。

　マリエは椅子のなかで姿勢を整え、佐原田の視線も三苦の視線も無視して手元の書類を引き寄せる。捜査員の出払った会議室のなかを紙の乾いた音がやけに大きく、そして意味ありげに響いたように、マリエには聞こえた。

　初動捜査に引き続き、地取り捜査を行った刑事らが戻るのを待って、捜査会議は深夜に開かれた。今に至るも不審な人物の発見はできなかったことが報告される。それに合わせて、都々木優美殺害の凶器が、行方不明となっている拳銃と同タイプから発射されたものと推測されるとの鑑識報告がなされる。

　死亡推定時刻はボヤ騒ぎの一時間後である午前二時ごろから四時過ぎくらいまで。遺体発見現場は、徒歩であればちょうどそれくらいかかる場所であり、都々木は呼び出した人物と会った直後に殺害されたと類推された。

　組員の女として都会で暮らしていたしたたかな女性ではあったが、さすがに刑事らの執拗な尋問に耐え続けるのには限界がある。犯人はそれを見越して都々木を口封じしたのだ。

尋問を担当していた刑事は、あと少しだったのにと歯嚙みする。

その後、本来今朝報告されるべきであった組関係の情報が披瀝（ひれき）される。

「拳銃を入手した事実を元に警視庁組対が取り調べを行っています。八王子の組幹部はそれらが辰泊の事件に使われたものと知って、面倒に巻き込まれたくないのか、手に入れたという組員を警察に差し出しました。現物が手を離れているので、起訴まではいかないでしょうが、ただ、その組員から三丁がS市の暴力団組員に流れたことは間違いないようです」

八王子の組員とS市にある組の構成員とは昔から顔なじみだった。組も違うし県も離れているが、年に一度は忘れず挨拶を交わす間柄だという。だからこそ、拳銃を手に入れられないかとの頼みにも、聞いてやろうと思ったそうだ。

S市の誰に渡したかも判明し、現在、県警本部の組対がその組員を連行して尋問を始めていた。

「そしてこれが肝心な点ですが、八王子の組員に都々木優美との接点がありました」

「その拳銃を入手した野郎とか」と友川が腕を組んだまま捜査員を睨む。

「はい。三年ほど前まで都々木とは半同棲状態でしたが、その後、別れています。ただ、半年ほど前から都々木が東京に現れるようになり、そのたび、組員と関係を持っていたということです。その際、都々木の口から拳銃の話も何度か出たと、取り調べのなかで供述しています」

「その組員からS県S市の暴力団員に拳銃が三丁流れていることを都々木が聞いた。そしてそれを共犯者に伝えたということだな」と三苦がまとめる。

一課の捜査員が立ち上がって答えた。

「S市に流れたのは偶然でしょうが、千載一遇のチャンスと考えたのは間違いないと思います」

「最初から複数丁、手に入れるつもりだったのか」

「それはないだろう」

刑事がそれぞれ口にする。S市のヤクザが複数丁頼んだのはたまたまだから、一丁奪うのも三丁奪うのも同じと考えたというのは、頷ける。

「三丁も手に入ったからこんなことを考えたか？　となるとやはり愉快犯か」

友川の呟きに誰も答えない。

確かに、都々木は塾の講師という立場で、小・中学生が抱える悩みや問題を知る立場にあった。それを利用して、言葉巧みに塾生を唆すことは可能だろう。だが被害に遭った滝藤和也は確かに『京東進学塾』に通ってはいたが、都々木の受け持ちではなかった。市野忠良に至っては、顔を知っていたかどうかも怪しい。どんな理由で標的にしたのかわからない。

となれば、その都々木を使っていた犯人の方に、小学生や副校長を殺害する動機があるのか。それとも友川のいう通り、愉快犯なのか。子どもらが銃で人を襲うというセンセーショナルな事件を起こして、一躍辰泊町を有名にした。よもやそれが目的か。

筒井が雛壇から気だるそうに口を開く。

「念のためいっておく。ガイシャの様子及び現場付近を見た限り、玄人、つまり反社などの人間による犯行の線は薄いと思われる。枕を額に押し当てて発砲するなど、一見、ヤクザがやりそうに見えるが、女一人にわざわざ拳銃を使うやつはいない。音が気になるなら殴るなり、首を締めるなりすりゃいいんだからな。一応、拳銃に関係する組連中のアリバイは当たっているが今のところこれといって怪しいものは出てない」

凶器が拳銃だと、反社関係の人間が真っ先に思い浮かぶが、筒井はそれを自ら否定した。そうか、とマリエは考えを改める。拳銃関連の事件にはあまり関わってこなかったからすぐには気づけなかった。確かに都々木を殺害するのに拳銃を使う必要などどこにもない。人気のない山中まで歩いてこさせるだけの相手なのだ。いくらでも隙を狙って殺害できるだろう。ならなぜ拳銃を使った。

捜査員からも同じ疑問が呈された。筒井の代わりに組対の捜査員が立っていう。

「行方不明の拳銃はここにあるぞと誇示したかった。若しくは実際に拳銃で人を撃ってみたかったなど考えられます。それと相手が都々木よりも膂力のない人間であれば、確実に殺すために武器を使用することはあるかと」

筒井が言葉を足す。「その場合、枕を額に押し当ててというのが腑に落ちない。なんとかいいくるめてひざまずかせた、ってか?」といいかけて寄せていた眉をふっと開く。

「なんのためなのかイマイチわからんな、格好つけたかったのかもな」

都々木優美より小柄、痩せている、力のない、それが主犯だというのだろうか。敵は女性なのか。

格好つけたかったのかもな。

筒井のその言葉がやけに耳に残った。どうしてなのか思案しているあいだも会議が進み、すぐに意識を戻す。

殺害の現場付近について地取り班の報告が終わるとマリエは、野添の隣に座る板持に目を向けた。気づいた板持が立ち上がる。

「飯田富美加さんに事情聴取しました。飯尾朋美さんが市野副校長からわいせつ被害を受けていたという事実は存在しないと丁寧に説明し、説得しました」

板持は短くいうが、相当苦労したらしい。誰の言葉も受け入れようとしない女子中学生の思い込みを正すため、板持は連日連夜通いつめて、微に入り細を穿つ調べをしたゆえの真実なのだと、教え説いた。

「結果、富美加さんは自分のしたことの恐ろしさに一時はパニックを起こしましたが、その後、医師の立ち合いのもと少しずつですが話をしてくれるようになりました」

「そういう手柄話はいいって」と組対の刑事が半畳を入れるのを、マリエはきっと睨みつけて黙らせ、板持が続ける。

「やはり投書していました。内容は、最近、朋美さんが相手をしてくれない、避けているといったようなものだったそうです」

「それを都々木が利用したのか」

「はい、恐らく。富美加さんは朋美さんから、ガールスカウト時代からずっと市野副校長に暴行されている、そのことを誰にもいえず悩んでいた、中学に入ったらいっそう逃げられなくなる、もう嫌だ、死んでしまいたい、という内容の手紙を受け取ったといいました」

「手紙？」

「そうです。一通ではありませんでした。その後も、市野の家に寄った際にどんなことをされたとか、どんなことをいわれたとか具体的に書かれており、すっかり信じ込んだようです。ただ、手紙には読んだら必ず焼いてとも書かれていたそうで、現物は入手できませんでした」

戸浦樹の場合と同じだ。今どきは携帯電話やパソコン、スマホなどを使った通信手段だとすぐに足がつく。素直な子どもなら、手紙の指示ひとつで充分ということか。そのことを塾の講師であり、元教師であった都々木には知り得たということだろう。

「それで拳銃の入手方法は？」マリエが先を促す。

「はい。塾から帰ろうとしたら、鞄のなかにいつの間にか入っていたそうです。重さに気づいて確認したら、『願いごと博士』という差出人からで、すぐに小学生の発砲事件を思い出したといいました。驚いたけれど、結局、誰にもいわず家に持ち帰ったそうです。自分の部屋で改めてなかを確認し、一緒に入っていた手紙を読んだところ、銃の使い方と、脅すだけだから問題ないというような内容がありました。この手紙だけは焼いて処分することはせずに、アルバムの裏表紙に隠したとの供述を得て、すぐに留置場にあったのを回収し、見つけました。コピーを配ります。パソコンで作成された書面ですが現在、鑑識に提出し、調べてもらっています」

みなガサガサと用紙を探り、目を凝らす。「塾のパソコンだろう」と呟く声とため息が漏れた。マリエも、この手紙から都々木優美の痕跡が見つかったとしても、それだけだろうと思う。

主犯の人物は都々木を使役し、自分の姿は一ミリも現わさない。

三苫が、「次、都々木の担当」と呼ぶ。所轄と一課の刑事二人が立ち上がり、メモ帳を片手に報告した。

「辰泊町、高江町で特に念入りに都々木優美の周辺を調べましたが、怪しむべき人間はいまだ見当たりません。塾関係の同僚らとはごく普通の付き合いで、親しくしていた者もなく、独身で、あれだけの容姿なのだから男関係の噂ひとつくらい出てきそうなのに、全く聞きません」

「ないない尽くしのわけがあるか。じゃあ、なんで都々木はこんな辺鄙な町に一人でやってきた」

友川が怒鳴る。所轄員は首をすくめ、一課刑事も頭を下げながら話を続けた。

「休みになると遠出していたようなので、男がいるとすれば辰泊、高江以外かと。ただ、東京には八月末に出かけたのを最後に、行ってはいないようです。拳銃のことを知って、もう昔の男と付き合う必要はなくなったということでしょう」

都々木をそんな風に使って、拳銃の情報を手に入れさせたのは誰かということになるが。

「都々木は教師をしていながらホストに入れあげ、借金を背負い、風俗で働いていた過去があります。そのことからも、男関係がないとは考えにくい。この町にやってきたのも、裏に男の存在があるなら充分、頷けます」

「だからその男は誰なんだ、ということだろうが」とまた友川が苛立つ声をあげる。

一刀両断なものいいに会議の場は沈み込む。マリエは座りかけた鑑取り班に慌てて声をかける。

「都々木の生い立ちは？」

所轄刑事がすぐに起立し、はい、と返事する。

「都々木優美の出身は東京の足立区。大学生のときに父親を病で亡くしています。直後に、母親が職場の男性と暮らし始めたことで、都々木は追い出されるようにして家を出、その後、アルバイトをしてなんとか卒業、教師として八王子の市立中学に赴任しました。同僚の教師と付き合うなどあったようですが、やがて八王子の『オックステール』というホストクラブに通い出し、そこのナンバーツーだったサミーというホストに入れあげ、多額の金をつぎ込んだようです。そして売掛金を精算するため街金に借金、返済のために風俗で働き始める、というお決まりのコースを辿った。その風俗店が八王子をシマにする組の息のかかった店であったことから、組員と関係し、それによって風俗から抜け出した」

「二年半ほど前にこっちにきたそうですが、組員とはどうして別れたか聞いていますか」

マリエが問うと、二人の刑事は同時に頷いた。

「警視庁が調べをするのに割り込ませてもらい、確認しています。組では下っ端よりちょい上程度な男ですが、やきもち焼きでこれまでも自分の女に別の男がいい寄っただけで殴る蹴るなどの乱暴を働いていました。都々木に対しても、与えた金の使い道に怪しいところがあったため男を疑い、痛めつけたそうです。警察沙汰になりましたが、結局、別れるという条件で被害届を出さないですませたということです」

「だが男に別れるつもりはなかったってことか」と友川がいうのに、さすがの筒井も口を開く。暴力団の話に筒井が口を出さないわけがない。

「本気で追い駆けられたら女に逃げ道はない。別れたと組員がいうのなら別れたのでしょう。嘘を吐いてまで女を追い回すほど、東京のヤクザは不自由していない」

「だがよりを戻しているじゃないか。せっかく離れた野獣みたいな男とまた付き合うってのはどういう心理だ」と友川が納得いかない顔をする。筒井は肩をすくめ、「女には魂胆があったのでしょうが、男にしてみれば寄ってくる女を拒むほど理性があるわけでもない。男にしても女にしても、ちょっとしたつまみ食い程度だった。ただ、馴染みがあったからつい気を許して、ぺらぺらと拳銃の話をしてしまった。そういうことでしょう」といって大きく足を組む。そのまま視線を前の捜査員らに向けた。

「都々木が性悪女であったことはわかった。そんな女をこき使い、用がすめばさっさとお払い箱にする、上手をゆく悪鬼のごとき野郎がまだのほほんとしている。それがどこのどいつか絶対に見つけ出せ」

いっせいに返事が上がり、組対の連中はひときわ大きな声を張った。

18

辰泊小学校は元の姿に戻りつつあった。

正門前では児童らの明るい挨拶の声が飛び交い、教師らも笑顔で迎え入れる。時折、マスコミや物見遊山でやってきた観光客とも野次馬ともいえない地元民でない人間がスマホ片手にうろついている程度で、ひとまずは和やかな景色が広がっていた。

一方、辰泊中学校はといえば、高校入試も控えているため、ひとまず授業は再開したもののいまだ落ち着きの見えないざわついた雰囲気が、固く閉じられた正門の向こうに充満していた。

連続発砲事件後、教育委員会もやってきて保護者会が何度も行われたが、そのつど新たな課題や問題提起がなされて会は紛糾した。一番の問題は、やはり事件の動機だった。

当初、市野忠良副校長が被疑者若しくは被疑者に繋がる女子生徒に対して、わいせつ行為を行ったことが原因かと囁かれたが、その後の捜査でそれは可能性として薄いとわかり、教育委員会も市野副校長にそのような事実は確認されていないと力説して、一旦は落ち着いたかに見えた。

辰泊町自体も、マスコミや警備の警察官の姿を別にすれば、以前と変わらない日常が始まりかけていた。

その矢先に、殺人事件が起きたのだ。

しかも凶器は行方不明とされていた残り一丁の拳銃と思われた。更に被害者は町内の小・中学生が通う塾で人気のある女性講師だ。町は混乱と恐怖に慄き、マスコミも世間も破裂したような騒ぎとなって、新聞の第一面に辰泊の名が躍るようになった。大袈裟でなく、辰泊から引っ越そうとする住民も出てきた。一応、犯人が捕まるまでのあいだといっているそうだが、マスコミは警察に期待していない町民らの不安の声を大きく取り上げた。

捜査本部は邑根市にあるとはいえ、辰泊へは始終、捜査員が出向き、走り回っている。その山中での凶行だ。警察の面目丸潰れといっていい。いや、町で見かける警官の姿に安心を覚えていただろう住民の期待を裏切ったのだ。なんの役にも立たない木偶(でく)ばかり、と。

一睡もしない捜査本部が朝を迎えるころ、刑事部長が乗り込んできた。そして警備体制について友川と丁々発止とやり合う。それを横目に、マリエは捜査会議を粛々と進めた。

都々木優美の周辺からはまだなにも出ない。分析センターからくるのは、S市やH市へと向かう車の姿だけだ。どちらも県内では繁華な街だから、潜り込まれたなら捜し出すのは難しい。

「見つかったのはパーキングに停められた映像だけです」

「S市の駅前やH市の駅前パーキングの映像があるので、その後、電車を使った可能性もあります」

「あとはコンビニ、銀行、JA、道の駅などの駐車場にも姿がありました」

「そこに車を置いて、カメラを避けながら徒歩で移動していたようですから、行き先を絞るのは難しいかと」

刑事部長を前にこれといった報告ができないことに、夜通し動き回った以上の疲れを感じるらしく捜査員の覇気が薄れている気がした。なにより邑根署長や邑根署の所轄刑事が消沈しきっているのが目に痛い。張り込んでいた都々木を見失い、挙句に殺害された。責任を感じるのはいいが、それを引け目としてもらっては困る。ここは失地回復と誰よりも意気盛んになるべきだろう。だが、騒ぐマスコミに煽られ、住民や世間の動揺にいつのまにか刑事らまでもが揺さぶられている。落ち着きを失いかけているように見えた。こうなると上段に構えるだけの刑事部長や友川の存在が疎ましい。

雛壇からは、手元の手帳だかスマホだかを見ている捜査員のつむじばかりが見える。立ち上がった刑事部長がいよいよ一席ぶとうとするのを見て、マリエは動いた。大きく足音を立てて立ち上がると、腰を上げかけた刑事部長を無視してテーブルを回る。捜査員の側までできて鼻で息を吸って吐いて、声を低くして話しかける。

「会議は以上よ。なにをしているの」

捜査員が顔を上げて目を開く。

「なにをじっとしているの。まさかここで映像が出てくるのを待つつもり？　ここにいれば、分析センターが犯人の顔を差し出してくれるとでも？　そうじゃないでしょ。映像解析は捜査の一助、それだけのもの。捜査主体はあなた方刑事じゃないの。はじき出された場所の数々を手がかりとして、写真を持って道行く人や店の人らに懇切丁寧に訊いて尋ねて回る。それが、あなた達一人一人がすべきこと、刑事の仕事。そうじゃないの？」

マリエは大きく息を吐き出すように、「さあ、グズグズしないで。行きなさいっ」と片手を払うように大きく前に振った。

こんな偉そうな仕草はこれまでにしたことがない。いくら階級が上でも、男性警官のなかには女性から指図されることに抵抗を感じる者もいる。それが理屈に合わない、今の時代にそぐわないといっても生理的なものだからどうしようもない。本人でさえどうすればいいのかわかっていなかったりする。だから、部下を持つ立場になってからは階級を恃んで上段に振りかざさず、ときには女性ならではと思われるような気遣いもしてきたつもりだ。

だがそういった七面倒臭いこと以前に、今すべきことは、この捜査本部において前代未聞の恐るべき犯罪を解決することではないか。だから、必要な言葉も声も吐き出すし、手も足も振り回す。マリエはなによりこの捜査本部を指揮しなくてはならないのだ。

睨みつけるマリエの前で、捜査員らが一拍置いて大きく声を上げて立ち上がる。マリエの鳩尾がきゅっと締まり、頬が熱く燃えた。

「都々木が出向いた場所になにがあるのかも注意しろよ」

三苫が言葉を投げかけると、走り出てゆく背中のまま返事がある。その声の強さにマリエは安堵する。三苦が雛壇に近づいてきた。心なしか口元が弛んでいるように見えた。

「管理官、以前、念のために確認しておくよう、野添を通じていわれたことですが」

マリエは目を瞬かせ、必死に記憶をたぐる。

「市野家の納屋です」

「ああ」

思い出した。あれは、市野芳が自殺未遂を起こして家を訪ねたときのことだ。なにかが気になって軽い気持ちで野添にいったのだった。野添は律儀に三苦に伝え、三苦できちんと処理していたのか。

『あ、でも時どきはするかな。敷地内なので不自由はないですし、それに気晴らしにもなるので』

帰る間際、なにげなく市野修也が始めようとしていたネット販売のことを尋ねた。最初は簡単に中断しています、と答えたのに、すぐに付け足すように納屋にある事務所を使っているようなことをいった。事務所を出入りしていることを見咎められた場合に備えたかのように思え、それがなんとなく気になり、野添にいってネット販売がどんな状況なのか、暇があれば確認しておいてと伝えた。

そのことを今、三苦は持ち出している。

「都々木の出先に気になるところがあります」

っているのか。

「出先？」

「JA、道の駅」

なるほど。地元産の品を扱うなら必要な箇所だ。たまたま、その近くに都々木が立ち寄っていることに、三苫はマリエの話を思い出し、引き寄せたというのか。

「関連があると？」

「まだわかりません。ちょっと調べさせようかと思います」三苫の表情には少しも変化がない。

「わかりました。どこから手をつけますか？」

「八王子」

マリエもそう思う。スタートは八王子なのではないか。辰泊ではなく。

「八王子ならうちのが二人、まだ向こうにいる。すぐ動けるぞ」

筒井がしっかり盗み聞きしていたらしく口を挟んできた。三苫が黙って筒井を見、筒井はにっと笑みながらマリエを見つめる。ゆっくり瞬きしたあと、マリエは頭を軽く下げた。

「お願いします」

筒井が眉を跳ね上げさせ、大きな体軀に似合わぬ素早さで会議場を横切る。そして廊下に出ると、大声で先に部屋を出ていた部下を呼ばわった。そのとき、なんだ、おいと不自然なやり取りが聞こえた。

マリエと三苫が訝しげに見ていると、筒井が眉根を寄せながら部下と共に戻ってくる。

「なんとかって女の記者だ。廊下の角で出くわしただけで顔色変えてぶっ倒れそうになりやがる。人のこと化物かなんかと勘違いしてんじゃないか」というと、部下が、まあ近いですけど、といって筒井に肩を小突かれる。

「記者？　真殿がここまで上がってきているってこと？」

マリエが呟くと、野添が素早く外に出て行った。そういえば、真殿はバイクを乗り回すわりには小柄だったな、と思い返す。筒井はもう知らん顔で、部下と共に三苫に向かって、最初から説明しろと詰め寄っていた。

19

夜が更け始めると共に、会議室の窓から町の灯りが点り出すのが見える。

邑根市も自然が豊かな地域で、住宅街を抜ければ古刹のある丘陵地帯が広がる。庁舎の近くに私鉄の駅があり、夕方ともなれば多くの帰宅者が駅舎から吐き出される姿が見えた。駅からはバスとなり、県道を辿って住宅地域の停留所を経由して戻ってくる。そんなバスの一本に、辰泊町行きがある。

殺人事件が起きてから、バスの乗降、駅の防犯カメラも精査されたが辰泊の住民で、犯行時刻以後で不審な行動を取った者は発見できなかった。

「冷えるな」

佐原田がいうのを聞いて、マリエは開け放った窓の桟に手をかける。半分ほど閉じて止め、そういえば、と口にした。

「タバコ、いつから止めたの?」

ガラス越しに町を見ていた佐原田は視線を返して薄く笑う。

「いつからって。もうずい分前からだよ。庁舎内でタバコを禁止してから、いや」といい直す。「妻が病気とわかってから止めたんだった」

マリエは黙って窓を閉めた。

会議室はがらんとしている。捜査員はもちろん、刑事部長も友川も筒井も三苫もそれぞれの役目を果たすため席を外していた。今、部屋の隅では連絡係の刑事と警務係員が資料作成の作業を黙々と続けている。閉めたドアの向こうからは、微かにマスコミと邑根署員とのやり取りする声が聞こえる。

雛壇に戻ってマリエは席に着く。スマホをチェックしながら、佐原田がテーブルの資料を広げた。

「佐原田さん」

「うん?」

「中学校はどんな様子なのか、息子さんからなにか聞いている?」

佐原田がスマホをテーブルに置いて、宙に目をやる。

「マスコミに囲まれている学校は通常通りとはいかないが、そのわりに生徒は冷静のようだよ。というか面白がっているのかもしれない。言葉は悪いが」

「へえ」

「陽のやつが、あ、俺の息子だが。普段、祖父さん祖母さんと話をすることなどない癖に、最近は陽の方からお喋りをするらしい。居間のテレビを熱心に見ながら」

「そう」

中学三年の男子が、都会ほど遊ぶ場所もない素朴な町で、祖父母だけを家族にして暮らしている。弾む会話があるとは思えない。週末訪れる父親は、仕事の疲れと子どもへの思いが常に二重奏になってどこか態度もぎくしゃくする。そして息子はそんな父親に遠慮して甘えきれない。持病のあることが引け目になっているのか。一緒にいながらもどこか途方に暮れている二人――。そんな情景を思い浮かべてすぐに振り払う。佐原田の表情に、たとえ事件のことでも息子との会話が増えたのを喜んでいるのが見えて、マリエは感傷的になりそうな気持を奮い立たせる。

「事件の話で盛り上がるってこと?」

「ああ。こんななにもない町で退屈な日々を送っていたんだ。それがいきなり脚光を浴び、マスコミは押しかけ、連日、テレビや新聞に自分の住む町の名が出る。見たことのある役場や店が映るんだ。ちょっとワクワクする気持ちがあるんだろ。親はたまったもんじゃないがな」

ああ、そうそうといって、少し照れたような笑みを見せた。「ほら、あの雑誌。君のことを取り上げた、ファッション誌」

「え。それが？」

「陽に見せたんだ。この女性が、今、うちの捜査本部を仕切っている、一番偉い人なんだぜって」

マリエはどんな顔をしていいかわからず、軽く目を伏せる。

「ちょっと驚いていたな。町中で見かけるむさくるしい刑事連中のトップが、君のような女性であることに。しかも俺の同期なんだぞっていったら、目を丸くしていたよ」

マリエは瞬きひとつして、話題を変えた。

「奥さんのご両親でしたっけ」

「うん？　ああ。二人には感謝しかない。こんな役立たずの父親でも、陽の父親だと立ててくれて、世話のかかる父子を労り続けてくれている」

「この仕事に理解があるのね」

「そうだな。妻は一般の人間だったが、義父母は娘の病弱を自分達のせいのように感じ、陽までもが似たような体質であることを負い目に思っている」

「それは遣る瀬無いわね」

「ああ。もう充分過ぎるほど、してもらっているのにな。俺なんか父親らしいことはなにひとつしていない」

「なにひとつ」

マリエが繰り返した言葉に、佐原田は黙って視線を合わせてくる。

こんな風に静かに語りかける人だったろうか、と遠い昔の姿を蘇らせる。あのころはお互い仕事に夢中でやる気がある分、悩んだり悔しんだりすることも少なくなかった。そのたび、感情を言葉や態度にしてぶつけ合ったのではなかったか。目の奥を覗き込んで、真意を探るような真似など、したことはなかった気がする。

「少しでも役に立ちたかった?」

そういうと、佐原田が微かに眉根を寄せたのに気づく。

父親という役目を果たせないなら、せめて代わりを務めてくれる義父母に喜んでもらおうと考えた。息子を取り巻く近隣の人々に好感を持たれるため手を尽くした。自分にしかできない形で。

マリエの視線を外すようにして佐原田が腕時計を見る。「今のうちに食事をしてこようかな。君はどうする?」

　マリエは手元に目をやって、「ちょっと連絡を待っているから」と答えた。佐原田が会議室を出てゆくまで目を上げなかった。ドアの閉まる音を聞いてから手を止め、顎に指を当てて思案に落ちかける。ふいにテーブルに置いていたスマホがバイブした。慌てて画面を覗き込むと夫からだった。

　ＬＩＮＥでの短い様子伺いだ。『大変そうだな。体に気をつけて。』

　打ち返そうとする手を止めて、通話ボタンを押した。すぐに応答があり、戸惑う声で、「今どこ？」とピント外れな問いかけがある。それには答えず、ねえ、訊きたいんだけどといった。

「なに？」

「もしも、あなたの会社の同僚で、すごく親しくしている、そうね、たとえば安原さんとか」と夫のひとつ上の先輩で、独身のときから世話になっている、夫がこれ以上ないほど信頼している人の名を挙げた。

「安原さん？」

「うん、たとえばね。安原さんが会社のことで過ちを犯したとして、どうか黙っていて欲しいと土下座して頼んだら、どうする？」

「過ちにもよるけど」

「まあ、人の生き死にというほどのことではないくらい」

「そうだなぁ。隠すことによって別の誰かが困るのでなければ、あえて騒ぎ立てるようなことはしないかな。少なくとも僕から暴露するようなことはしない、と思う」

「そう。男の友情ね」

「はは。男はバカだと思ってるだろ。女性なら、そんなわけのわからないもののために、格好つけてんじゃないって怒るよなぁ。あ、今はこういういい方はいけないのか」

「さあ。いまだに女性は杓子定規だとか、真面目だが融通が利かない、と思っている人はいるでしょうけど」

「うん。でも、それって悪口なのかな。必要かくべからず、だと僕は思うけど」

「え」

「杓子定規、融通が利かないというのがあればこその社会じゃないのか。そうでなけりゃ、風紀紊乱、法は乱れ、道徳は消え、世のなか混沌となるよ。そうならないための善なる盾。美徳だと思うけど」

「美徳ねぇ」

「女性よ、世のなかのために強くあれ、ってことだな」

「すぐには強くなれないわよ」

　実貴子の姿が脳裏を過る。

「だろうね」無理しない程度に頑張って、という妙ないい回しをして、電話切るよという。

今、食事のための鍋(なべ)をカセットコンロにかけていて、煮過ぎてしまいそうだと笑った。

くるるぅ、とマリエのお腹が鳴る音がした。

20

野添が側にきて小さく報告する。

「例の記者さん、会えないかといってますけど」

マリエは時計を見て眉を動かした。もうすぐ東京からの結果報告を携えた捜査員が戻ってくる。捜査会議をするための招集をかけているところだった。

「悪いけど今は時間が取れない。こっちから連絡する」

「わかりました」

身軽く背を向けるのを、慌てて呼び止める。肩越しに振り返る野添の顔を見て、微かな躊躇いが湧いたが、待っている目にせっつかれるようにして口早に吐いた。「あまりうろうろするなと念を押しておいて」

「了解です」

廊下に姿が見えなくなってもまだ視線を置いていた。さっきの躊躇いはなんだったのかと思い返す。いい方そのものよりも、マリエがいったということ自体を、あの真殿なら気にするのではと懸念が走ったのだ。だが、なにもいわないでいる不安よりはマシだろうと自分にいい訳をする。

真殿巴に対して、どう作用するかわからない言葉だ。深読みするくせに、結果も考えずに行動する軽率さもある。事件のことより、女性が好む話題を追っているといいつつ、関係者に関わろうとしていた。

少し前、会議室の近くまで潜り込んできた。たまたま出くわした筒井の巨体を見て胆を潰したようだが、野添も気になったのかすぐに様子を見に出たのだ。

真殿を捉まえた野添は、あのときなんと報告したのだったか。

話がある、いや相談。そう、相談したいことがあると真殿が口にしたらしい。その言葉を聞いて、マリエはすぐに佐原田の件かと勘繰った。だが野添が、『あの記者さん、市野紗香と親しくなって色々話を聞いているようですね』というのに、胸を撫でおろしたことを思い出す。

被害者の家族であり、いわれない誹謗中傷によって更なる被害を受けた女性。母親は自殺未遂を図り、手のかかる幼子と夫と二人で、いまだに家から出られず沈鬱な日々を送っている。いや、送らされている。

そんな女性に真殿は近づき、別の視点から事件の様相を浮かび上がらせようと考えたのだろう。話し相手のいない紗香にしてみれば、事件のことばかり聞きたがるマスコミとは趣を異にする真殿の存在が新鮮に見えたに違いない。あっさり家に上げてもらってお茶を飲むほどの間柄になっていた。そのお陰で、市野芳の急変に気づけたのだから、まんざら役に立っていないわけでもない。

その真殿が、制止する署員をかい潜って捜査本部の近くまで上がってきた。相談ごとを持って。だが、野添に引き留められたものの、詳しく話さないまま日を改めるといって署を出て行ったらしい。

『具合悪そうでしたね』

心配顔を浮かべた野添の言葉を思い出しながら、顎を指でなぞる。真殿のいう相談が、市野紗香に関することであるなら、これから始まる捜査会議次第ではちょっと厄介なことになるだろう。再び、マリエは自分のいった忠告の良し悪しに不安を深めることになった。

結局、筒井の部下だけに任せることはせず、三苦班からも刑事を東京へ向かわせた。

表向き仲良く組対と調べて回ったというのだから、ひとまず両者に労いの言葉をかける。ある程度わかった時点で、マリエの方には直接報告が入っていた。すぐに友川に知らせて、捜査会議の招集を決めたのだ。

邑根署の狭い会議室は一課刑事、組対刑事、少年課の二人に所轄刑事に雛壇のお歴々が顔を揃えて満杯状態だ。みな暖房もかけていないのに上着を取ってネクタイを弛め、額や首周りの汗を拭っている。

　夕刻、友川が席に着いたのを見て、進行役の三苫が会議の始まりを告げた。報告する順番で少しいい合いをした程度で、概ね段取り良く発言することになった。

「まずは八王子」と三苫が口火を切る。

　捜一の刑事が立ち上がった。

「都々木優美が八王子にいるときの男関係を詳細に調べてきました。学生時代を別にすれば、特に気になる人物は浮かばず、問題となるのはやはり教師をしていたとき頻繁に通っていたホストクラブとその後、風俗で知り合った反社の男くらいでしょうか。今回、そのホストクラブ『オックステール』で聞き込みをしました。駅裏にあるそこそこ人気のある店で、都々木がそこのナンバーツーに入れあげていたことは、他の客や従業員もみな知るところでした」

「売掛金の支払いに風俗で稼がせるというのは別に珍しいことじゃない。他のホストも似たり寄ったりだっただろう」と筒井がさっそく口を挟む。

「確かにそういったホストもいましたが、そこの店のナンバーワンはそういうのを嫌う男で、客に無理をさせるような真似はしていませんでした。それゆえ店でも一目置かれ、上客の女性は贔屓（ひいき）にするし、若いホストらもリスペクトするなど名実共にナンバーワンでもあり得たわけですが。しかも、都々木をいいように転がすホストに対し、再々、苦言を呈したこともあるといっていました」

当時、一緒に働いていたホストや店の従業員らに聞いたところ、サミーという男について、頭は悪くないが酷薄な感じのする人物だと証言した。客に対してはとことん愛想良くするが、仕事を離れた途端、仮面を脱ぐように態度をガラリと変える。計算高く、金にシビアだともいった。

「先輩ホストの意見も聞き入れず、結局、自分の売掛金のために都々木を風俗へ誘導した」と組対の刑事が横から引き継ぐ。「意外だったのは、それで関係が終わったのかと思いきやそうではなかったらしいことです」

「どういうことですか」三苫もマリエらと同様、既に話は聞いているが会議の進行上、話しやすいように言葉を繋げる。

「風俗に行ってからも都々木とそのホストが会っているのを見たという者がいました」

「そのナンバーツーのホストとか?」

思いがけない話に、あちこちから声が上がる。

「まだ金をむしり取っていたっていうのか」

「風俗で働かせて上前をはねていたってことだろう」

「いや、都々木はそのころ反社の女になっていたわけですから、それは無理があるのでは」

「おいこら」といきなり怒声が上がる。「ちゃんと調書を読んでいるのか。外をうろうろするだけが刑事の仕事じゃないんだぞ。目も頭も使わないでどうする」

筒井の叱責に三苦は珍しく渋い表情をする。今は捜査員を責めている場合ではない。マリエがすかさず釘を刺そうとすると、隣から声が上がった。

「ひとまず報告を全て聞いてからだ。文句はそれからにしろ」

友川が腕を組んだまま、立っている捜査員に向かって促すように顎を振る。筒井はそれ以上なにもいわず、パイプ椅子の背もたれにどんと体を預けた。課長の援護を受けた捜査員は安堵するように小さく頷く。

マリエはちらりと横目で窺い、なるほどと思う。

厳戒態勢のなか都々木殺害が発生し、友川は刑事部長とあれこれいい合ったのだろうが、所詮、向こうはキャリア警視正だ。どんな失態を犯したとしても、最終的には、責任は全て友川が被ることになる。そうなることは元より覚悟の上だろうが、せめて事件を解決し、見事、被疑者を挙げてみせなければ格好がつかない。友川なりに必死なのだ。

「今、筒井管理官がいわれたように、都々木の男であった八王子の組員の取り調べにおいて、別れた理由のひとつとして、『与えた金の使い道に怪しいところがあったため男を疑い、痛めつけた』との供述があります」

「つまり、都々木はそのホスト、サミーと繋がっていて、ずっと貢いでいたということか」と三苦がまとめる。さすがに呆れるようなため息が漏れる。

反社の男の目を盗んで別の男に金を回すなど、都々木の度胸も大したものだが、そんな真似をさせてでも金を得ようとするホストも凄まじい。

「それだけ都々木はサミーにぞっこんだったということだな」

「はい。それでそのサミーなるホストを調べました」と話を続ける。「あいにくそのホストは三年ほど前に辞めており、クラブに出されていた履歴書関係は返却されていてありませんでした。もっとも内容も適当なものだったらしく、経歴も果たして本当か怪しいということでした」

三苦も他の刑事も黙って捜査員を見ている。手ぶらで帰ってきたわけでないことはみな承知している。

「ホストクラブでは大概、下の名前を源氏名にしているそうです。ですが、その男は使わなかった。というよりも使えなかった。なぜなら、ナンバーワンと同じ名前だったからです。そのナンバーワンは店で」

マリエは口元がむずむずするのを感じる。刑事にとっては、一番気持ちが高揚する瞬間だろう。自身もいち捜査員として走り回っていたとき何度か経験した。

「シュウヤと呼ばれていました。秀矢だそうです。つまり、ナンバーツーのホスト、都々木のヒモはシュウヤという名前であったと思われます。下の名前を使うことができないので、苗字を代わりにした筈だと覚えている者がいました。店でのホスト名はサミー。恐らく、サマーをもじったのではないかと思われます」

夏――シュウヤ。夏目修也。結婚後の名前は市野修也。

とうとう出た。マリエは既に聞いていた話ではあったが、再び胃の奥が熱く滾るのを感じる。刑事にとってかけがえのない瞬間だ。

一瞬、会議場が静まり、そしてゆっくり熱くうなるような声が湧き上がる。

ようやく容疑者が浮かんだ。

三苫が表情ひとつ変えず、続きを促す。

「夏目修也は、高江町に戻る前は日野市に在住していたことを確認。東京で会社勤めをしていたのはほんの数年のことで、その後はホストをしながら裏でヤバい商売に手を出していたと思われます。ちなみに日野市は八王子の隣接市です」

「ヤバい商売ってのはなんだ」詳細を聞いていない友川が上半身を起こして目を向ける。

「はい。警視庁の組対に協力してもらい、三年ほど遡って八王子や日野近辺で反社半グレが絡んだごたごたを精査してもらいました。そのなかに八王子のシマで危険ドラッグや大麻なんかを勝手にさばいている素人と揉めたという話を見つけてきました。情報屋や既に逮捕されている売人らに当たったところ、組員らが見つけ出して焼きを入れようとした矢先、姿をくらましたということです」

「それが夏目修也か」

「だから高江に逃げてきたんだ」

「恐らくそういうことでしょう。組の連中も、よもや修也が東京を出て、S県のこんな小さな町に潜んでいるとは思わなかった。しかも修也は、世間知らずの市野紗香をたぶらかしてまんまと入婿に納まり、苗字まで変えることに成功しています」

「元々、こっちの出身だからな。誰も違和感を抱かなかっただろう」

「一見、優男風の雰囲気のいい男だしな。あれで化粧でもすれば、美男になるのじゃないか」

あいにくホストクラブにあったサミーの写真はどれも厚い化粧が施された上、加工されていたので、似ているという程度でしか確認できなかった。

「ホストのサミーから市野修也になり、ここでほとぼりを冷ますつもりだった。そこへ都々木優美が追いかけてきたということか」

「追いかけてきたのか、修也が呼び寄せたのかはわからないが」

「いやいや、ほとぼりどころか、修也は懲りずにこの高江で悪さを始めた、そういうことだろう」

一人が叫んで、ほぼ全員が大きく頷いた。マリエも首をゆっくり縦に振ってみせる。

そう。だから事件が起きたのだ。

都々木優美の男が市野修也、旧姓夏目修也であるならば、事件の動機はひとつ。マリエは立ち上がって捜査員らを見渡す。

「ようやく事件の真の姿が見えてきました。修也の動機は、恐らく最初から市野忠良を殺害することだったと思われます」

捜査員の目が熱く輝くのをマリエは意識する。

「広い屋敷とはいえ娘夫婦と同居する以上、市野忠良は修也のことを気にかけていたでしょう。特に最初のころはなかなか正業に就こうとしなかったことで、心配のあまり口を出して娘といい合いになったこともあったそう。ようやく地元の名産品を販売するネット事業を始めようと計画し、敷地内にある納屋を事務所として使うことにした。当然、パソコンやネットワーク関連の機器もあるでしょう。そんな事務所を市野忠良が覗き見し、そこに到底地元の名産品とは思えないものを見つけたとしたら」

捜査員が手を挙げる。「市野は教育者です。いくら娘婿とはいえ、犯罪の痕跡を見つけて黙っているでしょうか」

所轄刑事がすいと立ち上がった。

「修也と紗香のあいだには子どももいます。市野にとっての孫であり、修也を告発すれば犯罪者の子となるかもしれない。家族が崩壊してしまう危惧を抱いたとしても不思議ではありません。教育者であり、人格者として住民から慕われ信頼されているからこそ、みっともない真似はしたくない、加えて市野の家名を汚したくないという思いもあったのではないでしょうか」

地元を管轄する刑事の言葉だ。誰よりも町政や町民のことを見てきたし、言葉にできない雰囲気を肌で感じている。

「また、自ら説得することで改心させようという思いもあったのではと考えます」

野添が立ち上がる。「家では、時折、市野と紗香さんとのあいだでいい争いがあったと聞いています。それが夫修也についてのことというのですから、もしかすると紗香も薄々気づいていた可能性もあるんじゃないでしょうか。市野が思い切った真似をしないよう、紗香自ら宥めていたとも考えられます」

うーん、とマリエは腕を組む。あのいい意味で素朴な感じの女性が、夫の犯罪を隠そうとしたというのだろうか。とはいえ、修也が捕まることになれば、紗香と子どもは途方に暮れるだろう。

市野忠良はどれほどの迷いと恐れを抱き、どんな結論を出したのだろう。娘のため、孫のため、市野家のために選んだものはなんだったのか。

ただ、市野が教育者としての誇りを捨て、家族のために口を噤むと決めたとしても、それは修也にとってなんの意味もなかっただろう。告発しようとも、黙っていようとも、修也にとっては市野が知ったということ自体がもう脅威なのだ。取り払わなければならない障害なのだ。

こうして殺人計画は練られた。

「なら、最初の小学生の事件は」

筒井や三苫が答えるまでもなく、一課、組対、所轄の刑事らが口々にいい合う。

「あれは目くらましでもあり、試しでもあったのだろう。子どもを実際、どこまで操れるものなのか。拳銃を使わせることができるものなのか、まず小学生で試してみた」

「子どもを使おうといったのは都々木かもしれない」

「実際に戸浦樹が発砲したことに歓喜しただろう」

「飯田富美加についても、同時進行で洗脳を始めていたということか」

「恐らくそうだ。戸浦樹の事件が起きてすぐに次へと行動に移させたことからもわかる」

「樹の行動が、富美加の気持ちを後押しした可能性もあるしな」

「だが、もし滝藤和也が大怪我、或いは死ぬようなことになっていたなら、富美加は躊躇ったのではないか」

「かもしれないが、実際、そうはならなかった。小型とはいえ銃の発砲の反動は尋常じゃない。最初から脅すだけのつもりであったのなら、狙いをつけていたとも思えない。和也が死んでしまう可能性は限りなく低かったと思う」

「にしても、一か八かの計画ではあるのは違いない」

そしてその計画にあっさりほころびが出た。

都々木優美が捜査陣から疑いの目を向けられたのだ。修也は都々木と表立って会うことはできない。これまでS市やH市で密かに逢瀬を楽しんでいたのだろうが、それも事件が起きてからは控えただろう。二人だけの通信方法で連絡を取っていた可能性がある。警察の尋問にも耐えろと励ましていたのかもしれない。

「だが都々木が弱音を吐くようになって、修也は腹を決めた」

なんの疑いもなく、都々木は呼び出しに応じたに違いない。

「となるとボヤ騒ぎを起こしたのは修也か」

「だろうな。都々木は真夜中、いわれるまま死地へ向かって歩き続けたわけだ」

筒井が吐き捨てるようにいう。

「女をひざまずかせるなぞホストにしてみればお手のものだったろう。額に枕を当て、引き金を引く。まるで映画に出てくる殺し屋のようだ。格好をつけるのが好きな連中のやりそうなことだ」

マリエが気になっていた筒井の言葉を、筒井自身が説明する。

自分の手を汚さず、邪魔な岳父を殺害しようとした。そのため、愛人を昔の男のもとに走らせ拳銃を手に入れるよう画策した。試しであれ、目くらましであれ、小学生を使って発砲事件を起こさせ、それが予想以上にうまくいったので、肝心かなめの的を女子中学生に狙わせた。もちろん、しくじる可能性はあっただろう。そのときは、残りの拳銃を使って都々木にでもやらせるつもりだったのではないか。

そして修也は、そこまで尽くしてくれた都々木優美を、警察にマークされたからとあっさり始末した。

拳銃を三丁も手に入れてしまったから、こんな事態になったともいえる。そうでなければ、別の方法で市野を殺害していただろう。

マリエは、修也の人の良さそうな顔を思い出す。誰かがいった。化粧をすれば、あれも美男になるのではないか、と。入婿となって紗香や子どもと共に地元で暮らす、穏やかな顔は偽りだったのか。化粧を施した顔の方が本当の姿だったというのか。女を食い物にすることしか考えていない修也。これほどの大事件になったことに歓喜している気がした。

そんな男の妻になった市野紗香は修也のなにを知って、なにを知らずにいたのか。夫の本性に全く気づいていなかったのだろうか。ネット販売の事務所は敷地内にある。紗香も手伝っていたと聞く。いや、小さな子どもがいるからそんな時間はなかったのかもしれない。

三苫がひと区切りついたところで、「では、管理官お願いします」といった。

マリエは小さく頷くと、捜査員に目を向け、息を吸って大きく胸を膨らませる。ここからが勝負だ。

「たった今より、本捜査本部は市野修也を最重要参考人とする。二十四時間態勢での監視、市野家にある納屋兼ネット販売事務所、それ以外に修也が出入りする場所や会っている人々のチェック。そして防犯カメラにおける修也の姿の捕捉、都々木優美が出かけた先の周辺に修也が現れていないか、二人が接触している証拠を必ず見つける。更には、筒井管理官」

「おう」

「S市の暴力団員から拳銃が奪われた事件前後に修也及び都々木の姿がないか、確認をお願いします」

「わかった。拳銃を強奪したホシが修也である証拠を見つける」

筒井が前に目をやり、行け、と短く叫ぶと、組対の四人の捜査員は立ち上がり、足早に出口へと向かった。それを目で追いながら、野添が手を挙げる。

「市野家の納屋兼事務所を調べられないですか」

マリエは軽く首を振った。

「事務所及び市野家の自宅を調べる令状を得るだけの物証がない」

三苫が、市野家の様子を詳しく調べさせましょう、という。「恐らく、修也はネット販売という表向きの仕事のため、地元の名産品や商品などをかき集めていた筈です。都々木の立ち回り先にJAや道の駅があることからも、その役目を都々木がやっていた可能性があります」

マリエは、あっ、という形に口を開き、言葉を止めた三苫の続きを引き受ける。

「都々木が買っていたとすれば、今、市野家の納屋にある商品のなかには都々木の指紋がついている物がある可能性が高い。そうなれば二人がどこかで会っていた証拠になり、家宅捜索もできる」

市野家を監視しながら、そういった物的証拠をなんとかして手に入れられないか思案することになる。

それまで黙っていた友川がマリエを呼んだ。思いついたなら誰に遠慮もせず勝手に喋っていた友川にしては珍しい。

「なんでしょう」

「風石管理官、わかっていると思うが相手は被害者だ」

マリエは大きく頷き、捜査員へと顔を向ける。

「課長がいわれるように、市野一家は被害者遺族です。はっきりとした物証が出ないうちは、慎重を期してください。修也にマークされていることを知られることはもちろん、疑いを抱いて市野家を調べて回っていると気づかれてはならない」

マリエは立ち上がると姿勢を正して、捜査員を静かに見渡す。みな黙って視線を注いでくる。

「一番肝心なことは、まだ拳銃一丁が殺人犯の手にあるということです。各自、防弾チョッキ装着、拳銃携行の上、細心の注意を払って受傷事故防止に努めてください」

大きく息を吐き出すようにして声を強く張る。

「では全捜査員、被疑者確保のため捜査を始めてください。次にここに戻るときは、必ず犯人と共に。いいですねっ」

いっせいに返事がある。椅子やテーブルが揺れてけたたましい音を立てる。あっという間に満杯だった会議室ががらんとなった。熱気を残した空間のなかで、マリエは深呼吸を繰り返した。

友川が隣からいう。

「いよいよだな」

「はい、課長」

「あとは君に全て任せる。わたしは本部に戻って、いい報告を待っているとしよう」

「承知しました」

出入口に向かう友川の背にマリエは室内の敬礼を取る。筒井や三苫、野添らも倣って上半身を折った。

自席に崩れるように座り、そのまま三十秒ほど微塵も動かずにいた。全身を覆った熱波が消え去るのを確認してテーブルの資料に指をかける。これで大丈夫か。なにか見落としたり、いい忘れたりしたことはないか。

野添が遠慮がちに雛壇に近づいてくる。マリエが顔を上げ、問う表情を向けると、「例の記者さんですが」という。

「真殿？」

「はい。都々木の指紋がついていそうなもの、持ち出してくれたりしませんかね」

「まさか」とマリエは苦笑いする。市野家に出入りできる数少ない人間として口にしただけだろうが、一般人に捜査を手伝わせるわけにはいかない。やっぱりといいながらも野添の顔には落胆の色が濃く見えた。勝手に持ち出したものは証拠として扱えないし、それをもって令状を取る理由にはできない。そんなことは百も承知だろうが、野添なりに確信が欲しいのだろう。修也と都々木が繋がっていたという確たる証が欲しい。

そのときはっと、頭の奥が光った。野添から聞かされた『相談がある』という真殿の言葉が蘇る。あれはもしかすると紗香に関することではないのか。紗香が夫のことで悩み、それを真殿に吐露した。真殿がその話をマリエに持ち込もうとしたということは、ただの夫婦間の悩みではないということになる。

「三苦班長」

引きつる声で呼んだ。三苦は不思議がる様子もなく静かに視線をこちらに向けた。

21

一課刑事も所轄もよくやっている。

朝な夕なに対象を見張ることは刑事にとって苦もない作業だが、いかんせん今回は状況が悪い。

都々木殺害という凶悪事件が起きて、いまだその犯人が見つからないとなれば、辰泊町かその近辺に潜伏していると疑うのは仕方がない。そのため、マスコミ関係はどこよりも先に被疑者の顔を捉えんと、いっそうその数を増やしていた。そのため邑根署を出入りする刑事のあとを追うようなことをするから、張り込みという誰にも気づかれてはならない仕事が、これまでにないくらい難儀なものとなった。

刑事が動けば、マスコミ連中も動く。車で張り込みをすれば、その後方でじっと様子を窺う。そんなことが続けば、どれほど注意深くしたとしても、市野家に知られてしまう。

「周辺にとどまるようなことはせず車や徒歩で流し、頻繁に張り込み要員を交代させて」

市野家だけをマークしていると思わせないためだが、そんな手がいつまで通用するだろうか。捜査妨害をするなと釘を刺したところで、マスコミは道ひとつ挟めばいいだろうという程度しか考えない。マリエらが恐れるのは、市野修也にこちらの動向を気づかれることだ。しかも拳銃が一丁、いまだ犯人の手にある。

捜査本部はこれまで以上にピリピリした。市野家を見張りつつ市野家に関する聞き込みを続けることに必要以上の神経を使う。高江町では有名な一家だ、近隣はみな市野家と昵懇と考えていい。誰かが転んで怪我をした、自転車に乗っていたらお巡りさんに注意された、そんな話があっという間に隣近所の口の端に上るのだ。捜査本部が相手にするのは市野家であり、同時にマスコミや密な人間関係を構築している町内そのものだ。

口止めするのは端から無理と諦め、あくまで捜査の一環という体で行う。捜査員の疲労は著しいし、踏み込んだ話ができないのがなにより歯痒い。

そんななか、都々木優美の生前の行動がいくらか明らかになった。

道の駅のカメラに都々木の姿が捉えられ、店の人に聞き込みをすると、やはり地元の野菜や果物、お茶などの名産品をまとめて買い込んでいた。カメラにある姿も目撃証言でも、現れたのは都々木一人で、連れがいるようには見えなかったということだ。

車で移動し、どこか人気のない場所で修也と合流していたのだろう。

その場所を探せと、三苫が新たな指令を投げる。

野添が名残惜しそうに、「都々木の指紋のついた米俵ひとつでも手に入んないですかねえ」という。なかには市野紗香を説得して、任意で差し出させたらどうかという意見まで出た。

「そんなことすれば必ず修也に気づかれ、挙句、どんな行動に出るかしれない。逃亡を図るのならまだしも、拳銃を振り回して市野家の女性や子どもらを危険に晒したらどうする」

三苦の珍しい感情的ないいように、さすがの捜査員らも黙り込む。

マリエは手こずる捜査のなかで新たな不安を抱き始めていた。

これまでに捜査本部の情報が外に漏れたことはある。マスコミや知り合いにネタ取りと称して事件のことを喋ったり、調子に乗ってつい口にしたりすることはどの事件でも起きることだ。害がないといえば嘘になるが、それをいちいち問題視し、犯人捜しをしたところで完全になくすことは難しい。事件が違えば捜査本部は変わり、刑事の面子も違い、追ってくるマスコミ関係者も違ってくる。そのたび、そのとき懇ろになる刑事はいるだろうし、うっかり者は出てくる。

要は、そんなことに手間暇かけているよりは、決して口にしてはならないネタがあることだけは警察官として弁えている、そういう捜査本部であればいいのだ。それだけだとマリエは思っているし、この捜査本部に限ってはちゃんとわかっているものと信じている。事実、市野修也を最重要参考人としていることは、今もってどこのマスコミにも知られず、噂にもなっていない。

だが、果たして、それがいつまで続くか。このまま無理な張り込みや捜査を強いられ、その苦労に見合う結果が出てこなければ、刑事とて人間だ。疲弊し、苛立つ捜査員の口から、ひょっと漏れるようなことがないともいえない。

捜査がある意味、時間との戦いであるのはそういうことでもあるのだ。

だが、筒井からも良いニュースは出てこない。

「あの男、案外と曲者（くせもの）だな。優男の風をして知恵も回るし、なにより冷静沈着だ。拳銃を奪った当夜のどの防犯カメラにも映っていない。かろうじてそれらしい姿があるが、全身、黒ずくめでニット帽、マスクに眼鏡、男か女かも判別が難しいときている」

「辰泊町や高江町の防犯カメラの場所や抜け道、人目のない通り、時間帯、全てを把握しているようですね」と組対の刑事が珍しく弱音を吐く。

「こっちに戻って、ヤバい仕事を始めると決めたときからそういうことは調べ尽くしたってことね」マリエがいうと、筒井は鬼のような表情を浮かべながら頷く。

「一見、無謀に見えてもちゃんと計画し、細かな点まで予想している。拳銃が三丁手に入ったのはたまたまだろうが、それから先のことは全て修也にとっては予定通りなんだろう」

「都々木優美を殺害することまで？」

「ああ」とあっさりいう。さすがの野添も嫌なものを口にしたように表情を歪めた。三苫は瞬きせずに、「ならこのまま鳴りを潜めるかもしれない？」と口にした。

「可能性はあるな。修也の目的は果たされた。ヤバイ仕事も辰泊町や高江町が静かになるまでは開店休業にすればいい」

「え、それマズくないすか。証拠関係、処分されてしまったら」

野添の引きつる顔を見て、マリエは粟立つ気持ちを堪える。なにより恐れるのは証拠隠滅だ。

市野忠良を殺害する動機が見つからなければ、修也は被害者家族という立場を隠れ蓑にして警察や世間の目から身を守ることができる。強引に聴取しようとすれば、マークされていると気づいて、それこそ全てを闇に葬られる。さすがのマリエも腕組んだまま、なにかいわねばと口を開け閉めし、ようやっと出た言葉が、「三苫さん、例の記者さんはどうですか」だった。

三苫が軽く目を開き、珍しく眉根を寄せた。

「まだ出入りしているようです」

マリエは、真殿が妙なことをして修也に気づかれたり、最悪、邪魔な者として危害を及ぼされたりしてはいけないと釘を刺したかった。だが、あの記者の性格からすれば、滅多なことをいえば逆効果になる。

それで、マリエから連絡を取り、時間が空いたから相談というものを聞こうと申し出たのだ。

真殿は僅かに躊躇ったのち、その件はもう気にしなくていいといった。マリエが粘ると、逆にどうかしたのかといわれる。とにかく一度会おうと、以前に待ち合わせた山の中腹の広場を指定した。一旦は了承したが、直前になってやはり行けないという。

マリエは慌てた。これまでの真殿なら、マリエが申し出たならなにを措(お)いてでも駆けつけただろう。動揺するマリエの様子に不審を感じたのか、逆に真殿が突っ込んできた。

『管理官、もしかしてわたしが市野さんの家を訪ねること、よく思っておられないのですか』

そういわれてマリエはやむなく、少し踏み込んだ。

『相談って、もしかして市野紗香さんのことかと思ったんだけど。違う？』

電話の向こうで真殿は一瞬、黙り込んだ。いい過ぎたかと悔やむ気持ちが湧いたが、どうしようもない。だが、真殿は答えないまま、事件が片づいたらまたインタビューお願いしますね、といって切ったのだ。

そんなやり取りのことを三苫に告げて、真殿の周辺や市野家に入ってからの様子を特に注意深く見張るよう指示した。

翌朝、東京に出張っていた刑事が息せき切って戻ってきた。

ホストクラブ『オックステール』の周辺を虱潰(しらみつぶ)しに当たって、なんとかサミーの素顔の写真が手に入らないか探し回っていたのだ。

マリエに渡されたものは、ホスト仲間がたまたま見かけた修也を隠し取りしたもので、ほとんど化粧をしていない。ただし、人混みのなかでスマホを覗き込んでいる横顔は、拡大しても似ている、たぶんそうだろう、という程度でしかなかった。

逆に、ホスト仲間に今の市野修也の写真を見せても首を傾げられた。三年経っただけで、それほど様変わりしたということか。

ただ、逮捕状は無理としても、捜索令状を申請してみるだけの値打ちはある筈だ。いつでも家宅捜索に入れるよう指示する。一分一秒でも早く、市野家を調べて都々木優美の痕跡、できれば密かに危険ドラッグなどを売買している証拠を手に入れたい。

けれど、そんな捜査員の焦る気持ちを手玉に取るような事案が発生した。

22

捜査会議の場で真っ先に口を開いたのは市野家を張っていた刑事だ。

所轄の刑事だが、グレーの作業着姿にヘルメットを脇に抱え、興奮に顔を赤く染めている。隣にいる同僚にいわれて、慌ててヘルメットをテーブルに置いた。

ビルや建物が密集している都会なら身を隠す場所にも困らないが、高江町はそうはいかない。二十四時間刑事が張り込むにしても、普通のやり方では嫌でも目立ってしまう。そのため、植木屋やポスティングスタッフなど、日中、町に出没してもおかしくない人間に扮していた。ただ、住民やマスコミに顔を知られている者は使えない。同じ作業ばかりもできない。この方法もいずれ限界がくるだろうと思いつつ、マリエらは日々次の手を思案しながら続けていた。

今日は朝から、測量作業員の振りをしてヘルメットを被っていた刑事が、たまたま近所の人と世間話をしているなかで仕入れた情報だった。

「市野家で偲ぶ会？」とあちこちで声が重なる。そして口々に疑問の呟きが湧いて出た。

「なんだそれは」

「法要と違うのか？」

「具合の悪い未亡人が、なんの真似だろう」

「いや、最近は庭にも出るし、近所程度なら一人で歩き回れるくらいには回復している」

「とはいえ、客を呼んでもてなすとなると大ごとじゃないか」

「そうかな。元々、市野芳はボランティアグループのリーダーだったんだ。それほどおかしな話でもないんじゃないか」

夫を殺害された上に、妙な噂を流されたことで芳は自殺を図った。大した怪我でなく自宅で療養していたが、最近、杖もなく出歩く姿が見られると、張り込んでいる刑事から報告は受けている。だが、大勢を招いて会を催すほどの体力があるのだろうか。マリエは、眠っていながらも苦しげに歪ませた芳の顔を思い出す。

「近所の人の話でも、以前の闊達な姿に戻りつつあるようだと聞いています」

「だからといって、なにも市野家で偲ぶ会をすることはないだろう」

「本来、そういうものは学校とかで行うんじゃないのか」

聞き込んできた捜査員は、頭をかきながら自分が責められているかのように困った顔をする。

「学校としては事件が解決していないのだから、派手な式典はまだ早いと考えているようです。ただ奥さんの芳は、通夜でも葬儀でも体調を崩して参列してくれた先生や生徒らに挨拶ができなかったことを気にしているらしく、簡単でいいからなにかしたいと、そう思い決めたそうです」

マリエはひと通りの報告がすむのを待って肝心なことを訊く。

市野家でなにか行われると決まった以上、経緯を知っても仕方がない。要はその中身だ。

「どういうものになるのか聞いていますか」

「はい。会は三日後の土曜日、学校が終わってからということです。辰泊中学の教師及び関係者、生徒にその保護者、市野家に親しむ人や近隣住民、加えてこれまで市野家を利用していたガールスカウトらにもきてもらう予定にしています。仏壇で経を唱えてもらったあと、芳から忠良が生前受けたことに対する感謝を客に伝え、心ばかりのもてなしをするという段取りと聞きました。手伝いに近所の人がくることになっていて、当日は結構な人が集まると思われます」

マリエは自身の歯噛みする音が大きく響いたのかと慌てて首を左右に振った。忌々しげに歯を鳴らし、掌をテーブルに叩きつけたのは、隣に座る筒井だ。

「いったい、なにを考えているんだ」

いまだ犯人は捕まっていない。拳銃も見つかっていない。応援の警察官は町内をうろつき回っている。そんななかで、なぜ偲ぶ会など行うのか。これは本当に市野芳の発案だろうか。それとも誰かの入れ知恵か。

マリエは思案し、同じくじっと考え込む三苫を見た。マリエの視線に気づいた三苫が軽く頷く。

「問題は二点ですね」

三苫が捜査員を見渡していう。

「その偲ぶ会の目的が、真に市野忠良を悼むものなのか、若しくは裏の目的があるのか」そして、もうひとつといって目を光らせる。「その会のせいで、いっときであれ市野家に人が溢れ、広い屋敷のなかでなにが起き、誰がどう動いているのか把握しきれない状態になるという点」

マリエは決して焦っていると思われないよう、声を低くしてゆっくりと告げる。

「それを知るためにも、その偲ぶ会が誰の発案で起きたのか知る必要があります」

そして隣にいる筒井へと目を向ける。

「筒井管理官は、人が大勢集まるなかで市野修也がなにかすると考えますか？」

四角い顔を歪め、鼻から息を吐きながら、そうだな、という。「一番考えられるのは、逃亡だろう。修也は既に自分が警察にマークされていると気づいていて、一刻も早くこの町を出ようと考えた。いかんせん高江町だけでなく辰泊町まで警察官やマスコミで溢れ、市野の家は四六時中、見張られている。なら、どうするか。逆に大勢の人間を集めて、その人混みに紛れて脱出しようとする」

マリエがあとを継ぐ。

「最悪の事態も考えられます。修也の手元にまだ拳銃がある。自分が警察に捕まると察した修也は自暴自棄となり、集まった人を襲うか人質として立て籠もるか。若しくは、格好良さにこだわる元ホストなら、大勢の前で拳銃自殺を図るというのも考えられます」

捜査本部が、呻き声をひとつにして揺れた気がした。

マリエも筒井のように、両手を握り拳にして強くテーブルに叩きつけたい衝動にかられる。あともう少しのところだと思っていた。この捜査本部なら、いずれ修也を追いつめるだけの証拠を見つけ、令状をとってこの場に引きずり出せると信じていた。

世間が注目し、大勢のマスコミや町民らが見つめるなか、邑根署に横づけされた捜査車両から俯いた市野修也が降り、連行される情景を何度、想像したことか。取り調べにかかる三苦や一課の面々、それを見つめる刑事部長や友川。記者会見で報告する自身の姿まで思い浮かべていた。

それがこのザマだ。マリエは憤る。なにが起きるかわからないこの新たな事態に、戸惑いよりも強い怒りを感じた。

少し前まで、事件の輪郭も動機もわからず不安に慄いていたマリエだが、今はあのときとは違う。実貴子を求めて、声をかけてもらいたいとか力づけてもらいたいとか、そんなことはもう思わない。

目の前にいるのは優秀で雄心に満ちた部下達。そして信頼すべき同僚、頼れる先輩管理官に経験豊かな上司だ。これほどの面子を集める捜査本部を犯人はまだ翻弄（ほんろう）するというのか。マリエが指揮する捜査本部を侮るのか。

許さない。必ず、捕まえてみせる。

マリエは知らず知らずのうちに、喉の奥から唸り声を上げていたらしい。近くにいた捜査員や筒井や署長が振り返る。マリエはすぐに拳をほどき、鼻から息を吐き出して椅子のなかで姿勢を正す。

ひとつ深い呼吸をしたのち、マリエを見つめる視線と向き合った。

「この事態に対して、我々捜査本部は周到かつ万全の態勢で臨みます。決して油断することなく、なにひとつ見逃すことなく、各自最大最善の力を注入してください。これまで培ってきた捜査員としての経験に基づく、S県警を代表する者としての力と意地を見せてください」

立ち上がってマリエは半身を折った。顔を上げて、強い目でいう。

「三日後の土曜日を被疑者確保の日とわたしは決めている。必ず、被疑者を逮捕する、いいですね」

応と返す声が大きく、部屋いっぱいに響き渡った。

犯人がなにか企んで動き出す、それは逆に捕らえる絶好の機会でもあるのだ。マリエは胸の下で握り拳を作り、沸き立つ胸の内を必死で宥める。目を向ければ、三苫の目は強く光り、唇が固く引き結ばれている。筒井の顔には死地に赴く兵士のような覚悟さえ浮かんで見えた。

端の席では、佐原田が微動だにせず、視線を遠くへやっている姿があった。目の先を追ってもそこには興奮顔の捜査員しかなく、その向こうは出入口のドアだけだ。佐原田なりに決意を深めているのだろう。マリエはそう思った。

野添はすっかりジムニーが気に入ったようだ。軽快にハンドルを切る。

「小回りは利くし、少々の悪路もへいちゃらですからね。今度の車検で買い替えようかと考えているんです」

　車を出してからずっと、野添が喋り続ける。事件以外の話題に終始しているのは、口数少ないマリエの様子を気にかけているかららしい。ちらりと横目で見ながら、捜査本部のなかで、この野添がやはり一番の元気印だなと考える。

　刑事は体力だ。これだけIT機器が蔓延(まんえん)し、机の上で充分な情報を手に入れられる時代になっても、やはり刑事は体力を求められる。筒井がいうように外をうろつくばかりが能じゃないというのももちろんあるが、生きた情報は海に出て網で掬(すく)ってこそというこだわりを蔑ろにしてはならない。古いとか新しいとかの問題ではないとマリエは思う。必要な形で必要なものを手に入れる。見つからなければ見つけるまで捜し回る。それが刑事の仕事というだけだ。

　野添をそんな刑事だと見込んだからこそ、頼んだというのもある。

「例の件、どうしますか」

　マリエが考えていることを察したかのように、ハンドルを切りながら野添がさらりと口にした。前を見ていたマリエは、表情を変えないよう息を呑んで微かに顎を引く。

「まとめて報告書にしておいて」

　数秒沈黙したのち、野添が「了解です」と答える。そして、信号のない交差点で停まると、左右よし、と明るく声を張った。

23

真殿は最初から警戒した様子だった。

信号で停まった真殿のバイクの真横にジムニーをつけ、ウィンドウを開けて声をかけたのだから、驚くのも無理はない。電話の呼び出しには応じない可能性があったから、実力行使に出た。

高江町を過ぎて、真殿が宿泊場所と決めている邑根市の繁華街に入るところで捕まえ、少し離れた交番まで誘導する。大人しく車のあとをついてくるバイクをルームミラーで確認しながら、さてどうやって攻めようかとマリエは思案した。

「わたしが市野家から出てくるのを待っていたんですか」

交番の奥にある休憩室に入ってヘルメットを脱ぐなり、真殿が不貞腐(ふてくさ)れたような言葉を放つ。その質問には答えず、マリエは肩をすくめて、野添が淹(い)れたインスタントコーヒーを勧める。ひと口飲んで、「あなたが思わせぶりな態度をしたので」といった。

真殿が渋々という風にパイプ椅子に座り、コーヒーカップを受け取りながら軽く野添に頭を下げる。そのまま野添は表の執務室側へと出て、ドアを半分閉めた。

「別に思わせぶりなんて」

「警察官相手にキャバクラの女性が営業するみたいな真似しないでよ。あ、これセクハラか」とマリエは軽く笑ってみせる。真殿がむっとした表情を見せ、どういう意味ですかと尖った声を出す。

「なんでもないんですぅ、困ってないんですぅっていいながら、関心を向けさせ、なにかをねだろうとする。違う？」

「違います」

怒りに燃えた目をしながら、抑えた口調で答えた。「わたしがちょっと先走っただけで、相談するほどのことではないとわかったからで。それでご迷惑をおかけしたのなら謝ります」

「先走ったというのは、紗香さんがそこまで望んでいなかった、という意味？」

「な」という口の形で、眼鏡の奥の目まで同じ形に開く。

「あなたが市野紗香さんと親しくなったことは以前から聞いている。なにか相談ごとがあるというのなら、それは紗香さんに関することと考えてもおかしくない」

推測の域を出ないが、真殿は素直に是という表情を浮かべた。「煎（せん）じ詰めればご夫婦のことになるので、そんな話をわざわざ管理官に持ち込むのもおかしいのかなと考え直したんです」と小さく肩で息を吐いた。

「だけど最初は、管理官であるわたしに聞いてもらった方がいいと、そう思った」

「まあ。でもわたしの思い込みが強過ぎたのかもしれませんし」

「思い込み？」

「夫が妻に対して不実なことをしていて、それが元で夫婦関係がおかしくなり、エスカレートすればDVに繋がる、という風にすぐに想像してしまう。幼い子どもを抱える紗香さんがあまりに心細そうな姿をしていたから、つい」

「それだけじゃないでしょう」

マリエの言葉に真殿が不安そうな目を向けてくる。

「市野家において修也さんは唯一の男性であり、忠良氏が亡くなった今、市野家の当主であり絶対的な存在。忠良さんを失ったショックが消えやらぬ紗香さんや芳さんにとって、修也さんは頼みの綱であり、同時に全てを委ね、従うべき相手」

マリエはさらりと続けた。「あなたにとって、体操部の顧問がそうだったように」

真殿の顔が強張る。

「『仲間の一人はダメージが大きくて、のしかかってくる男性が怖いと今も満員電車に乗れないでいます』といっていた。あれはあなたのこと？」

いくら記者だからといって、東京からこんな辺鄙な町にくるのにバイクで、しかも一人というのが気になった。そして捜査本部の近くまできたとき、たまたま筒井と出くわし、周囲が怪訝に思うほど動揺した。確かに筒井はガタイも大きく、人相も悪いから誰でもまともに見たら驚くだろうが、とはいえ警察署のなかにいる刑事なのだ。怯えることはない。

真殿が忙しない瞬きをしたあと、すっと視線を手元のカップに落とし、小さく首を揺らした。

「さすがは管理官ですね。その通りです。わたしは就職してからずっと、バイクを使って通勤しています。どうしてもバスや電車に乗れないんです。だから、仕事終わりの飲み会もいつもノンアルコール。元々、男性がだらしなくなりやすいお酒の席は苦手だったので、最近ではバイクを理由に断っています。きっと同僚らのあいだではつまらない女だと思われていると思います」

「酒を飲まないから、宴席に参加しないから、そんな理由で面白い人つまんない人と仕分けするような会社はいずれ落ちぶれる」

マリエが強い口調でいうと、真殿がようやく表情を弛める。

「とはいえ、わたしは一般会社やあなた方のような出版の世界もよく知らない。改革改革といっても旧態依然の風習も考え方も根強くあるでしょう。組織は大きければ大きいほど、隅々まで意志を行き渡らせることが難しい」

だからマリエも警察組織という巨大なものを相手に、なにかしようなどとは考えていない。下部組織に当たる警察署において、自分の考えるよりよい形というものを試してみたいと思っている。百人から数百人程度の部下ならば、マリエの意思を正確に伝えることも可能なのではないか。そこのトップである署長だからこそできることがある筈だ。

当然、うまくいかないかもしれないし、反発され、無視されるかもしれない。だが、そういう前例があったという事実が残ることは小さなことではない。最初がなければ、なにも始まらない。

「そうかもしれませんけど」と真殿が逡巡する。

「鹹にならない限り、あなたの思うようにしていいと思う」

マリエの言葉に、今度ははっきり頷いてみせた。

「それで」と話を戻す。真殿から、これまで見聞きした市野家の様子を詳細に聞く。

「紗香さんは修也さんに女性がいるのではと疑っているということ？」

「はい。ただ、出産して以降、子どもの世話などで忙しく、多少の浮気は仕方がないのかと、気づかぬ振りをしていたようです」

紗香は今も自分に自信を持てていないのだと、真殿が残念そうに呟く。立派な父を持ち、活動的な母がいて、一人娘の紗香は自分がありふれたなんの取り柄もない地味な女であることを引け目に思っている。そんな紗香のために入婿になってくれた修也に対し、愛情に似て少し違う尊敬と、それの裏返しのような従属心を抱いている。それが真殿の見解だ。

「だから気になって、紗香さんと話をするようになったんです」

「浮気のことについてはどういったの？」

「わたしはきちんと問い質すべきといいました。けど、紗香さんは怖いといって首を振るんです」

「怖い？」

「はい。紗香さんのいうには、修也さんにはよくわからないところがあるとか。例えばネット販売の事業についてなんですが」

　思いがけず、真殿の方から口にした。マリエは平静を保ちながら耳を傾ける。薄く開けたドアの向こうでも聞き耳を立てている気配がした。

「納屋を事務所にしていて、最初はよく紗香さんも出入りして手伝っていたそうなんですが、最近は全く。まあ、お子さんのお世話があるからでしょうけど、勝手に入って酷く叱られたことがあったそうで、それからなんとなく近寄れず、それが不安なんだそうです」

「そう」

「そんなあれこれを聞いたので、一度、管理官にご相談しようかと考えたところ、紗香さんから止めて欲しいといわれました。夫婦のもめ事を警察に持ち込むのもおかしいし、修也さんも気を悪くされたそうで」

「あなたのことを？」

「ま、そうですね。地元の人間でもない、知り合って間もない一介の記者が、妻の相談相手みたく偉そうにあれこれいうんだから、夫にしてみれば面白くないでしょう」

「だけど、あなたはなにかが気になった。いわゆる夫婦のいざこざという以外のものを感じたから、わたしを思い浮かべた。違う？」

真殿が子どものように目をぱちぱちさせる。眼鏡を中指で押し上げると、首を傾けたま
ま、「正直いうと、わたし、修也さんのことどこか信用できない感じがするんですよね。わたしが苦手とするタイプとは正反対で、態度も口調も柔らかくて親切なんだけど、なんていうのか、心ここにあらずって感じがして」と言葉尻を消した。

「心ここにあらず」

「市野家で食事をご一緒させていただいたときでも、あれこれ気を遣ってはくださるんだけど、どこかお愛想めいて。まあ、こっちは客だから当然なのかもしれないですけど。なんだかこの人、修也さんは本当ならこんな地方の町で暮らす人じゃないのではないか、無理をして自分を抑えて周囲に合わせているような、そんな気がするんですよね」

元ホストなら愛想を振りまくのは得意だろう。その癖が抜けきらず、心のこもらない態度となって、ホスト遊びを知らない真殿には違和感を持たれたということか。

「修也さんにこれ以上嫌われても困るので、紗香さんのことは気になるけど、市野家を訪ねることは少し控えようと考えてます」といった。

「でも、明後日（あさって）の土曜日は行くのでしょう？」

いきなり本題を突っ込んだ。十中八九、修也の意図する会と思っているが、マリエは確

信を得たいと強く思っている。

　真殿がうんうんと頷く。「偲ぶ会ですよね。結構こられると聞きました。わたしもきてくれといわれたので、そのつもりです」という。

「きて欲しいって、紗香さんから？」

「いえ、それだけは修也さんから直接いわれました」

「偲ぶ会をしようと決めたのは修也さん？」

「芳さんがなにかしたいとずっと気にしていたそうです。それで修也さんが考えてあげたと聞きましたけど」

「そう」

「修也さんがぱっぱと決めたと思いますよ。大人しそうな感じですけど、なにかするときの修也さんは頭の回転も速くて即断即決の人みたいだから。義母の芳さんにもいいケジメになると、ご満悦な感じでいってました」

　真殿の口ぶりから、修也を快く思っていないことははっきりわかる。マリエは納得するように頷いてみせたが、考えるような目つきをした真殿が問う。

「管理官も行かれるんですよね」

「え」

「警察の方にもお世話になったから、声をかけてみるといってましたから」

「そう。行くとすれば、わたしになるわね」呼ばれなくても行くつもりでいる。

「ですよね。今回のは畏まったものにはしたくないから喪服でなくていいそうですよ」

市野の通夜で、マリエが喪服を汚したのを気づいていたらしい。

「わたしもいつもの格好でバイクで乗りつけてくれといわれてます」

「そう。じゃあ偲ぶ会で」と真殿が安堵した表情で返事をするのを見て、マリエはすっと目を細めた。

24

十一月三十日土曜日の午後。

明日から師走だというのに見事な晴天で、小春日和と呼ぶにふさわしい穏やかな日となった。日中の気温は、高江町でも十五度を上回るらしい。

市野家に繋がる道のずい分手前から既に人々の歩く姿があり、その脇をゆっくり走って門扉を潜る。野添の運転するジムニーが前庭に入ると、すぐに近所の人らしい誘導係が裏へ回れと指示する。玄関前にはなかへ入る人の列ができていて、相当な数が集まりつつあった。

「ひょっとして百人超えてんじゃないですか」

張り込んでいた刑事から逐一、報告を受けていたが、実際に目にすると野添でなくとも顔をしかめたくなる。

裏手の広い庭に回る。数十台の車が整然と並んでおり、自転車やハイヤーまで見えた。奥の納屋の側はバイク置き場になっていて、そのなかに見覚えのある黒のレブルを見つけて真殿がきていることを知る。

マリエは紺のパンツスーツに白いシャツ、薄手のコートを手に持った。車を降りてスーツの上着のボタンを留めながら、野添が注意深く周囲を見渡す。

「ここまでとは思っていませんでした」

「お通夜のときを上回っている。近隣の町民に学校関係者、それ以外にマスコミも紛れ込んでいるからちょっとしたイベントのようね」

「この人混みじゃ人定が難しいですね」

「遺族は固まっている筈だから、把握しやすいかと思っていたけど」と、マリエは自信が薄れてゆくのを感じる。

市野修也を見張るのはもちろんだが、紗香や芳からも目を離すわけにはいかない。家族がグルということもあり得るからだ。特に紗香は修也の妻であり、二人のあいだに子どももいる。自分達の暮らしを守るためなら、ひょっとして犯罪に手を貸すこともあるだろう。

紗香と芳以外に、修也に協力すると思える人間は確認できていない。だからといって安心もできないし、他の客を無視するのもリスクがある。視野に捉えるべき人間は少なくないということになる。

右を見ても左を見ても似たような格好の男女がうろうろしている。修也と似た年格好の男性だけでも二十人以上いるのではないか。こんなことならせめてマスコミだけは控えるようにいっておけば良かったかと思うが、そうなると真殿が困ることになる。

住民に知られていなそうな刑事を客として潜り込ませている。それ以外は市野家の周辺を鼠一匹逃げ出せないほど密に取り囲んでいた。筒井はその姿が目を引きやすいため、家に入るとごねるのをなんとか宥め、裏の勝手口で待機してもらうことにしている。三苫と一課の刑事が、人目を避けながら散らばる。

玄関口に向かうと、上がり框で靴を脱ぐ佐原田と板持の背を見つけた。二人は戸浦樹や飯田富美加を担当していたから、遺族とは面識がない。学校関係者の振りをして訪れる手筈になっている。

通夜で畳敷きの広間までは入ったことがある。その後、市野芳の自殺騒ぎの際、他の部屋まで見ていた。だからおよその間取りや部屋の様子はわかっている。野添も知った顔で遠慮なく廊下を歩いて行く。そのあとに続いて、マリエは祭壇のあった一番広い広間に入った。

奥の正面に市野忠良の遺影と位牌、焼香台が置かれている。白い座布団を敷き詰め、大人や子どもが身を寄せ合うようにして座る。やがて住職による読経が始まり、順次、焼香をすませてゆく。

全てが終わると、市野芳が正面の右隅に立って頭を下げた。すぐ側にはボランティア仲間なのか、同年代の女性らが取り囲む。その更に外側には、ガールスカウトの制服を着た小・中学生や大人の姿が見える。

言葉少ないながらも気持ちの籠もった丁寧な挨拶に、あちこちからすすり泣く声が聞こえた。マリエと野添は、顔を俯けつつ視線だけは忙しなく動かす。

芳のすぐ隣には紗香がいて、膝に子どもを抱えている。その横では、修也が数珠を片手に殊勝な顔つきでじっと膝頭に視線を落としていた。

挨拶が終わると、「これで、しんみりした時間はおしまい」と芳が明るい声を上げる。それを合図にしたように、みなが膝を崩し始めた。近所の人の手を借り、広間はすぐに宴会場に早変わりする。席が足らないから他の部屋も使い、天気がいいお陰もあって前庭にも簡易テーブルを出して料理を並べた。

中学校の生徒やガールスカウトの面々は、大人に促されて庭に出る。気温も穏やかで、広間の縁側のガラス戸は開け放たれ、子どもらはそこから庭と部屋とを行き来する。校長や学校関係者、ボランティアグループは広間にある前の席を占め、陽気にビールや酒を酌み交わし始めた。明るい土曜日の午後ということもあって、たちまち会は盛り上がる。

そんな様子を見ながら、マリエも捜査員らも酒瓶を片手に人々のあいだを歩き回った。

野添など空のコップを片手に、酔ったような足取りで客らに声をかけ、目ぼしい人間の近くまで迫る。

芳が市野の昔話をしながら、酒で赤くした顔で周囲に笑顔を向ける。離れた席では紗香が近所の人らの話に耳を傾け、頷いては子どもに食事を与えている。その少し先の席に真殿の姿を認めた。

マリエが視線を向けたのに気づいたらしく、真殿が軽く首を振る。確かに普段着ているのとさして変わらない格好だ。ライダースジャケットは脱いでいるようだが、黒のセーターに合皮のパンツを合わせている。

広間にある縁側から前庭を見る。子どもらが食べきれないほどの食事とジュースで盛り上がり、偲ぶ会であることなどすっかり忘れたように、ふざけて走り回る姿まで見えた。

手の込んだ食事が次々と出され、酒もどんどん注がれる。このまま盛大な宴会で終わってしまうのかと思いかけたとき、修也が動いた。何人かの捜査員が静かに腰を上げる。

廊下の奥にあるトイレに向かったようだが、飲み過ごしたのか足下がふらついていた。

野添が様子を見てきて報告する。

「トイレで少し吐き戻すような様子が見られました。廊下に出るとネクタイを外して座り込み、近くを通りかかった男子中学生を呼び止めて水を運ばせましたね。水を飲みながら中学生と肩を組み、機嫌良さそうになにやら話していたようですが、今はこちらに戻ってきています」

「そう」といってマリエは宴会場へと戻りかける。ふと気になって、「その中学生って」と野添に尋ねかけたとき、真殿が立ち上がって部屋を出るのが見えた。トイレかとも思ったが、こういった宴会が苦手だといっていたことを思い出す。玄関でなく奥へと向かうのを見て、何度も訪れている真殿なら勝手口から出入りしたのかもしれないと考えた。そこから裏の庭に出ればバイク置き場まですぐだ。帰るつもりなのかと、あとを追いかけようと広間の縁側に出て歩きかけると、前庭側から声をかけられた。

「か、凪石管理官って、あなたですか」

え？　といって振り返る。目の前には小太りの少年がいた。年格好からして恐らく辰泊中学の生徒だろう。

「そうだけど、あなたは」といいかけたあとの言葉を呑み込んだ。全身が硬直し、どうと汗が噴き出すのを感じた。

縁側に立つマリエに向き合う少年の手には、一丁の拳銃があった。すぐにトカレフだと察した。残りの一丁、都々木優美を殺害した拳銃だ。確信と共に、激しい勢いで鼓動が鳴り響く。

「管理官っ」と広間から叫ぶ野添の声。同時に、けたたましい悲鳴が上がる。前庭にいる子どもらの困惑した顔、茫然と立ちすくむ姿。その周囲には唖然と口を開いたまま動けないでいる大人達。一拍置いて、そんな人々が我にかえっていっせいに騒ぎ出した。子どもらが喚きながら右往左往する。みな弾けたポップコーンのように散らばった。こうなると市野の家も広いとはいえない。百人もの人間が家屋のなかを逃げ惑う有様は、満員電車内で暴れ回るのに等しい。玄関に殺到した客らは、たちまち将棋倒しになって悲鳴と怒号に塗れる。子どもらを捜し回る親や教師らがあらゆる方向から突進してくる。野添を始めとする刑事らもそんな人らに阻まれて身動きできない。倒れている人を救助しつつ、走り回る客らに落ち着けと必死で呼びかける。取りすがる女性や泣き出す子どもらを安全な方へと追いやる。

屋内の騒ぎを聞きつけ、外で待機していた刑事らも飛び込んでくる。とんでもない事態に戸惑いながらも捜査員が少年とマリエを取り囲んだ。三苫が少年のすぐ後ろに控え、それ以外の刑事が背広の下から拳銃を取り出そうとする。マリエはすぐさま、駄目よと叫んだ。どんな武器を握っていたにしても、子どもに銃を向けてはいけない。三苫が手を振って刑事を制し、苦しげに目を瞬かせた。

野添がマリエの後ろで動く気配がしたが、三苫が目で止めるのがわかった。それほど、中学生とマリエの距離は近く、構えた拳銃の銃口がまともにマリエの胸元に向けられているのだ。

マリエは乾いた口のなかで必死に唾液(だえき)を作り出し、飲み込んで尋ねる。

「あなた、誰なの」

25

マリエの問いに答えたのは少年ではなく、取り囲む捜査員をかき分けて現れた佐原田だった。

「陽っ」

なに？と全員が唖然とした表情を浮かべた。佐原田の後ろにいた板持が真っ青な顔で、陽くん、と叫び、マリエはこれ以上ないほど大きく目を見開いた。

佐原田陽。この子がそうなのか。佐原田慶介の息子。母親を早くに亡くし、持病があって祖父母と辰泊町に暮らす少年。

マリエは小さく呼吸を繰り返しながら、なぜ佐原田陽が拳銃を握っているのか、そしてなぜそれをマリエに向けているのかを考える。考えているつもりが少しも頭が働かない。

ただ、目の前にある拳銃だけが思考を占める。

「陽、なにをしている。お前、その拳銃をどうした」

陽はその顔いっぱいに汗を滲ませている。呼吸が苦しいのか、上下に肩を揺らし、浅い息を繰り返す。両手で握り締める拳銃が、少年の心を反映してか微かに震える。銃口が細かく動くが、それでもマリエを標的にできる範囲を外れることはない。捜査員らがじりじりしながら様子を窺う。

「どういうことだっ」

筒井の怒声が聞こえた。組対の刑事らも飛び込んできて、すぐに他の客に離れるように指示した。そのあいだも佐原田が少しずつ距離を縮めようと足を繰り出す。息子へと手を伸べ、「さあ、その銃をお父さんに渡すんだ。陽、それはお前が持つものじゃない。渡しなさい」という。

陽が顔の全てのパーツを歪めながら首を振る。「駄目だよ。駄目だよ」

「なにが駄目なんだ、陽、いいなさい。どうしてこんな真似をする」

「だって、だって、この人がいる限り、駄目なんだよ」

マリエは、怯えていながらもなにかしら強い意思を感じさせる少年の目を見つめる。この子はなんのためにこんな真似をしているのだ。誰のために、恐ろしい銃を手にしているのだ。

考えられるのは――一人しかいない。

「陽くん、落ち着いて。わたしの話を聞いて」

　マリエはゆっくり両手を持ち上げる。「あなたがこんなことをするのは、もしかしてお父さんのため？　わたしがいると、お父さんが困ったことになると誰かにいわれたのじゃない？」

　陽は最初から、マリエを管理官と呼んだ。佐原田の上司と承知しているのだ。

「そうなのね」問いかけるマリエの言葉に、幼い目が一瞬にして涙で覆われる。その様子に佐原田が愕然としながらも反応した。

「どういうことだ。どうしてお父さんのためなんだ。ちゃんといいなさい、陽。その銃を下ろしてこっちにきて、話しなさい」

　拳銃を細かに上下させながらも、そっと佐原田へと視線を流す。それを見た刑事らが素早く、陽の側へと体をずらす。佐原田が必死で会話を続ける。自分の方に注意を向けさせようとしているのだ。マリエを狙う銃口を少しでも逸れさせるために。

「どうしてだ。この人はなんの関係もない。陽、お前、誰になにをいわれた」

　佐原田陽を唆した人間がいる。恐らく、市野修也。マリエは奥歯をぎりぎり噛みしめながら、元ホストの性根の卑しさと悪魔のように長けた悪知恵を憎んだ。滾る思いを込めて取り囲む捜査員の向こうにいる市野芳と紗香を睨み、近くにいる筈の修也を捜したが、いない。思わず、あ、と口を開けた。

　今日の会の本当の目的はこれだったのだ。そのことを三苦に告げようと肩を回しかけたとき、空気を裂く轟音が鳴り響いた。

一瞬、体のどこかに熱湯をかけられたような痛みを感じた。なんだろうと考える間もなく、膝が折れた。下半身に力が入らず、なんとか片膝だけ立てて痛みを懸命に堪える。折った方の左足の脛部分のズボンが裂けているのが見えた。紺色が更に深い色に滲んで広がってゆく。

「管理官っ」

「陽っ」

発射された弾はマリエの左足の脛をかすったようだ。貫通もしていないし、まともに当たったわけでもない。もしそうなら、マリエは今ごろ吹っ飛んでいただろう。それでも痛みと熱さで立つことはかなわない。いっせいに刑事と佐原田が動く。なかには拳銃を取り出し構える者も見えた。

「こないでっ」

陽が両手で握る拳銃を慌てて左右に振り回す。その場にいる全員が動きを止めた。

少年は発砲したことでパニックを起こした。それが余計に、もう引き返せない、これで終わりだと思い決めさせたようだ。自暴自棄になっていると、マリエは感じた。周囲もそうだとわかって、いよいよ危ないと警戒を強める。そんななか、佐原田が逆に覚悟を決めたかのように動き出した。息子が撃たれることを危ぶんだのかもしれない。

ただ、マリエと陽の距離が近過ぎて、そのあいだに割って入ることができない。だから横手から近づくしかないのだが、佐原田が息子の顔を見ながら小刻みに歩を進める。両手を軽く広げ、マリエの方に背を向けるようにする。次に発砲があったときは迷うことなくマリエの前に飛び込む気なのだ。

「佐原田さん」マリエは呼びかけるが、佐原田は息子しか見ていない。

「陽、聞くんだ。この人はお父さんの仲間で上司だ。お父さんと同じ警察官なんだ。わかるだろう？　これまで何度も話して聞かせたよな。決してお前が思っているような人じゃない。だから」

父親の顔をちらりと見た陽の目の下が痙攣している。

「ち、近づかないで、この人を撃つよ」

震えているのに、語尾は少しも揺れていない。一度発砲したことで、陽は恐怖や躊躇いの感覚を失ったのか。佐原田がそんな息子の態度を見てショックを受けたのが、その背からもわかる。足を止めた佐原田に向かって、陽は言葉を続ける。

「知っているよ。この人がここでは一番偉い人だってこと。だから、こ、この人がいなくなれば、そうすればお父さんは助かる。警察を辞めなくてもすむんだ」

「どういうことだっ」

陽が哀しげに首を揺らす。マリエはその顔を見て、もしやと思う。この子は自分の父親が警察官として良くないことをしていると聞かされたのではないか。修也がどうやってそのことを知ったのかはわからないが、真殿が気づいたように近隣の人々の噂話からその端緒を得ることは難しくなかっただろう。それを子どもに突きつけ、佐原田がそんな真似をしたのは全て息子のためだと負い目を抱かせた。父親を人質にしたのだ。飯田富美加を操ったように。

母を亡くしたあとは祖父母に預けられ、小さな町で一人過ごす日々。父とは週末くらいしか会えない。夏休みや冬休みだって長くは側にいてもらえなかっただろう。学校に馴染めず、しばしば問題行動を起こしていたと聞く。それは寂しさの裏返しではなかったか。自分は疎まれているのではないと思いたかった。なにか別に理由があって佐原田は会いにきてくれないのだと信じたかった。佐原田陽は父親を恨み、父親を恋しがり、父親に反発し、そして父親を求めた。だからこそ守りたかった。

戸浦樹にしても飯田富美加にしても、そしてこの佐原田陽もまだ子どもなのだ。子どもらしく、世俗や損得を知らぬ純粋さと一途さがその体に満ちている。目の前にある自分にとっての正義が全てと信じてしまう。

そのことを長年中学生を教えてきた都々木優美は承知していて、修也に教えた。

負傷した左脛に掌を強く押し当て、廊下に屈み込んだままマリエは憐れみの目で陽を見る。今、陽はマリエを見下ろす位置にいて、銃口を少し下に向けている。そして懸命に戦っている。父親の命令と己の正義との狭間で。

すっと空気が動いた気がした。マリエの後方だ。気づかぬ振りをしたまま、目の前にいる捜査員へと視線を流す。取り囲む大勢の人々のあいだから、頭ひとつ抜けた巨体が見えた。ゆっくりと腕を上に伸ばしてゆく。その手に拳銃があるのをマリエははっきり捉えた。筒井が仕掛けようとしている。

マリエは筒井の顔を睨んだまま、小さく頷いた。視線の端で三苫が微かに身じろぐのがわかった。

佐原田が強い口調で呼びかける。

「陽、違う。お前は間違っている。お前は騙されているんだ。わからないのか、お前のしていることは犯罪だ。お父さんが最も憎んでいる行為なんだぞっ」

陽の顔が衝撃に歪んだ。その刹那、大きな破裂音が耳を打った。筒井の威嚇発砲を聞いて陽が思わず上半身をすくめた。慌てて体勢を戻そうとして、その反動のまま拳銃の引き金にかかっていた指に力を入れた。

その一瞬前、佐原田が横跳びに息子に飛びかかるのが見えた気がしたが、すぐにマリエの視界は塞がれた。後ろにいた野添が体ごとマリエを包み込むように庇ったのだ。そのまま、どうと廊下に二人で倒れ込むと同時に、陽の拳銃が発射された。

野添の腕の隙間から三苫らがいっせいに陽に飛びかかるのが見えた。佐原田がいない。

板持が佐原田の名を呼びながら地面に伏せる。誰かが、救急車だ、と大声を放つ。陽の叫ぶ声が、長く哀しく響き渡った。

マリエは、「野添さん、撃たれた?」と尋ねる。野添が、「大丈夫です」と答えるのを聞くなり、「ならどいて」といった。

体を起こした野添の背を支えに、マリエは立ち上がり、「筒井さん、修也が逃げた」と叫ぶ。筒井の顔が悪鬼の形相になり、ひと声喚くとすぐに組対の刑事を引き連れてその場を離れた。

「三苫さん、バイクを調べて。この混乱のなか、車を出すのは無理。きっと二輪を使った筈」といいかけてはっとした。「真殿のバイク」

野添がすぐに、「黒のレブル二五〇。ナンバーは××-××」と大声でいう。三苫班と所轄の刑事が弾けるように走り出す。そのとき裏手から声がした。

「納屋近くで女性が倒れています。頭部を殴られたようです」

マリエはぱっと野添を振り返る。野添が靴下のまま裏へと駆け出した。

爆発したようなパトカーのサイレンが高江町の空いっぱいに轟いた。そのなかに救急車のサイレン音がかろうじて聞こえ、マリエはようやく落ち着いた声で様子を問う言葉を口にした。

「具合はどう?」

地面に倒れている佐原田の側にひざまずく板持が顔を上げる。青白く強張った顔で、小さく頷いた。

「急所は外れています。大丈夫です、たぶん」

「そう。良かった」

玄関口に寄せられた捜査車両に、二人の刑事に抱えられるようにして陽が乗せられていく。何度も振り返り、汗と涙で塗れた顔でなにかを呟いていた。その動く唇を見て、恐らく、お父さんは？　お父さんは？　と尋ねているのだとマリエは思った。

26

市野修也が真殿のバイクで逃走を図った。

近隣を熟知しているだけあって、防犯カメラもNシステムにも引っかからず、行方は杳としてしれなかった。かろうじて助かったのは、レブルが悪路に強いバイクではないということだ。これがオフロードバイクだったりすると、山奥に逃げられ、それこそ町や市だけでなく県境をもたやすく越えられ、捜索は困難なものとなっただろう。

そんな報告を聞きながら、マリエは歯ぎしりを堪える。恐らく練りに練られた逃走計画なのだ。追手がかかるのも承知の上で、ルートも吟味している筈だ。なにより佐原田陽を使った陽動作戦のせいで、逃走するための充分な時間を与えてしまったのが痛い。

すぐに県内に緊急配備を敷き、隣県に繋がる道路は全て封鎖して検問を始めたが、果たして間に合うだろうか。

すぐに捜査本部に戻るつもりだったが、野添や三苫に止められた。

「ひとまず手当を」

抵抗するよりも、早くすませる方を選んだ。ただ、行先を真殿が搬送された病院へとだけ指示した。

マリエは自身の怪我の手当を終えると真殿の病室を訪れた。

左側頭部を殴られ脳震盪（のうしんとう）を起こしたが大きな怪我には至らず、既に意識を取り戻していたようだ。医者はいい顔をしなかったが、強引に入ると諦めて席を外してくれた。

床頭台には割れた眼鏡が置かれている。白い包帯が顔の半分以上を占め、濡れたような目がじっとマリエに注がれた。

「なにがあったの、真殿さん」

一本杖を突くマリエを見て真殿はきゅっと目を瞑り、弱々しい吐息を吐いて語った。

市野家で騒ぎが起きる少し前、修也に紗香のことで相談があると裏庭にある納屋へ呼び出されたらしい。もちろん、そのとき修也は刑事らの視野のなかにあったが、マリエが陽に銃口を向けられたことで市野家はパニック状態となった。その騒ぎに乗じて修也は素早く真殿を追ったのだ。

「大声や悲鳴が聞こえたので慌てて家のなかに戻ろうとしたら修也さんが目の前に現れ、いきなり殴られました」

すぐに意識を失い、その後の記憶はないという。恐らく、倒れた真殿の服をさぐってバイクのキーを手に入れ、修也は慌てふためく人々のあいだをかい潜って、バイクで裏口から飛び出したのだ。

「最初からあなたのバイクを使うつもりだったのね」

マリエがそういうと、真殿は包帯の巻かれた頭を抱えるようにして頷いたが、すぐに問う。

「修也は？　逮捕しましたか？」

真殿のすがるような目に、マリエは黙って首を振るしかない。真殿が悔しそうに眉を寄せ、痛みのせいか小さく呻く。すぐに、はっと顔を起こした。

「どうしたの」とマリエは訊いた。

「見つけてください。見つかる筈です。ＧＰＳです」

「つけているの？」

「はい。盗難防止のためにバイクにつけています。だから」

最後まで聞かず、マリエは病室を飛び出し、三苫に連絡を入れた。

事件発生から五時間後、ようやく市野修也確保の報を聞くことができた。

雛壇にいた友川は深い息を吐くと、組んでいた腕をほどいて脱力する。マリエは窓の側にいたが、一本杖を突いたまま外を向いて瞼を閉じ、こつんとガラスに額を当てた。そして目を開け、雛壇へとゆっくり戻る。

当然という顔をして席に着いた。友川からご苦労だったといわれ、頭を下げる。

「怪我は大丈夫か」

「はい、かすり傷程度ですので」実際、ほとんど痛みもなく大したことはないのだが、銃創は油断すると長引くことがあるから大事をとっている。

「なんとか片づいたな」

「はい。ご心配をおかけしました」

「うむ。まあ、被疑者さえ確保できれば全て良しだ」

「ありがとうございます」

マリエはにっこりと笑んだ。内心、取り逃がすのではないかとの恐れと不安でずっと慄いていたのだが、そんなことは微塵も見せない。

27

S県H郡にある高江町は文字通り激震に揺れた。

残っていた拳銃を使ったのが捜査本部に携わる捜査員の親族らしい、しかも狙われたのが捜査本部の指揮官と知れて、マスコミは蜂の巣を突いたような大騒ぎだ。全国ネットのテレビや新聞社も徒党を組んで乗り込んでくる。それに加えて降って湧いたように野次馬や動画配信者らがスマホを片手に警察署を取り囲んだ。邑根署はやむなく表玄関を閉鎖し、機動隊員に周囲を警戒させる。それでも忍び込もうとする者がいるから、片端から捕まえて放り出した。

もちろんそんな騒ぎなど関係なく、いち早く友川がやってきて、刑事部長までがやってくるという。監察室もいずれこちらに向かうらしいと耳にした。捜査はこれからが本番で、はた迷惑にしかならないのだが追い返すわけにもいかない。

マリエは雛壇に座って、空っぽの会議室を見渡す。あと少しすれば、ここも喧騒に巻かれるだろう。

一番重症を負ったのは佐原田警部補で、気にはなったが今のマリエはこの席を離れるわけにはいかなかった。

佐原田は発砲しようとした陽に被さるようにして飛び込み、まともに銃弾を受けた。弾は左肩を貫通し、激しい出血をみた。病院に付き添った板持から命に別条はないとの知らせを聞いたとき、マリエはどれほど安堵したことか。すぐにでも駆けつけたかったが、修也の身柄をこの目で確認するのがまず先だ。

市野修也が連行されてきた。

ひとまず道交法違反と公務執行妨害で現行犯逮捕した。署の玄関口に横づけされた様子を、マリエは友川らと共にテレビのライブ映像で見ていた。刑事二人に挟まれているが、そのうちの一人はなぜか筒井管理官で、修也の襟首を摑んで引きずり回しているようにしか見えない。

「荒っぽいことしてないだろうな」と友川がため息を吐く。

手錠を嵌められた修也の姿を目に焼きつけ、マリエは新たな憎しみを湧き上がらせる。罪を犯した人間はこれまでも見てきたが、修也ほど醜く下卑た被疑者はそうはいない。既に人ではないのかもしれないと思う。この男のせいで、どれほどの人間がその運命を狂わされたことか。しかもそのほとんどが未成年なのだ。

「どれだけの罪状になるんだろうな。間違いなくS県警の、いや、警察史に残る事件だぞ」

友川が目の下に隈を作った顔で呟いた。

「全てを明らかにします」

マリエは映像を見ながら強く答える。

殺人、傷害の教唆、窃盗、銃刀法違反、薬物関係など数々の罪状で令状を発付してもらうことになる。そのためにも事件後から行われている市野家の家宅捜索で、都々木との繋がりを示す証拠、そして危険ドラッグなど違法な取引を行っていた物証を見つけ出すことが肝心だ。

捜査本部では連日、昼夜関係なく、捜索に追われた。

検事が捜査本部にやってきて指示をし、マリエらと共に今後の段取りを確認する。取りあえずは真殿巳に対する傷害容疑で逮捕、検察に送致し、引き続き、他の罪状について取り調べを続行することになる。市野修也は時折、不貞腐れた態度をとるが、概ね聴取には応じていた。

修也の供述に加えて、同時進行で行われている佐原田陽に対する聴き取りにおいて明らかになったこともある。

市野家で偲ぶ会を行うよう勧めたのは修也だった。紗香は訝しく思ったらしいが、大勢の人に囲まれて忙しくする方が芳の身心にも良いだろうと説かれて、渋々納得した。

客に酒がいき渡り、盛り上がっているさなか、修也はスマホで佐原田陽をトイレ近くの廊下へと呼び出したのだ。

陽はずい分前から、塾の相談箱に父親のことで匿名の手紙を投げ入れていた。その主な内容は父に対する苦情というか子どもらしい不平不満だった。陽の父親が警察官と知った都々木や修也は、戸浦樹や飯田富美加のようにいずれ使役してやろうと考えていたのか。そのころから、佐原田のことを調べていたようだ。

やがて修也は、警察にマークされていると気づいた。

すぐさま逃亡を計画したのだろう。修也にとって妻や子の存在など、ないに等しかったか。二十四時間張りつく刑事をどうやってまくか、それしか考えていなかったのだ。そして佐原田陽を使うことを思いつく。

都々木は子ども達の連絡先など個人情報を修也に渡していた。修也は陽のスマホに連絡を入れ、『願いごと博士』を名乗って、父親である佐原田について良くない話を吹き込んだ。

佐原田が息子のために無理をし、警察官としてマズイ立場に追いやられている。このままだといずれ馘になり、逮捕されるかもしれない。そうならないためには、今、辰泊の事件のことを調べている警察官のなかで、最も偉い人間を始末するしかない。それは誰か。ご丁寧にも真殿の雑誌のインタビュー記事をＬＩＮＥで送り、この人物が父親を追いつめようとしていると告げた。顔写真はなかったが名前はわかるし、偲ぶ会にやってくることも知らされる。

そして当日、事件が起きる少し前、修也に屋敷内に呼び出され、拳銃を手渡された。紺色のスーツを着た、あの女だ、と教えられる——。

28

一本杖を会議室に置いて、野添の運転するジムニーで署を出る。

病院の職員用駐車場に車を入れ、救急搬送入り口の方からなかに入る。病院の一階付近は、マスコミらがうろうろしているからだ。

左足を引きずるようにして階段を上り、入院病棟を目指す。歩きながら野添に確認した。

「真殿さんの聴取に猛獣みたいな刑事は当てていないわね」

「もちろんです。女性刑事に加えて、うちの男性捜査員のなかでもバンビのように愛らしいのに担当させています」

「わかった」

目当ての階についてひと息吐く。野添が大丈夫ですかという目を向ける。黙って扉を開け、リノリウムの廊下を辿った。

制服警官が挨拶をくれるのに笑顔で応じ、スライドドアを引いた。

個室のベッドに横たわる佐原田の姿を見、ゆっくりこちらに頭を返すのを待った。妙な既視感を覚える。

戸浦樹の病室を訪ねたときもこんな感じだったな、と思い出す。

まだ起き上がれる容態ではなかったが、佐原田は頭を起こして白い顔に薄く笑みを浮かべた。そして、「陽は」と短く問う。

「まだ取り調べを続けているわ。板持さんは直接知っているから担当できないけれど、留置場で困らないよう、あれこれ気を遣ってくれている」

「そうか」

佐原田がなにかいいかけて口を閉ざす。マリエはそんな顔をじっと見つめながら訊いた。

「陽くんのこと、気づいていたのね？」

事件直前に行われた捜査本部での佐原田の様子が気になった。佐原田が天井を向いたまま、小さく頷く。

「義父母からここ数日、陽の様子がおかしいと聞き、捜査会議の前、顔を見に行ったんだ。なんでもないといったが、俺の顔を見ようとしない。諦めて署に戻ろうとしたとき、お父さん、ごめんね、といった」

「ごめんね？」

「ああ。俺は、あいつのことをなにもわかっていなかった」

すまない、といって右の掌で両目を覆った。マリエはそんな佐原田から目を逸らすように後ろを振り返り、野添に書類をくれと手を伸ばした。

「ここに、佐原田警部補が辰泊町の知り合いのために便宜を図った様々なことが書き出されている」

佐原田の体がぴくりと反応し、マリエの方に赤い目を向けてきた。

「捜査をしながらずっと野添さんに調べてもらっていた。交通違反から自転車盗のようなものまで細かくある。知り合いの刑事や地元の署員に頼んだのね。警官のちょっとしたミスをついて、事件そのものを取り消させたりもした」

既に覚悟していたのか、動揺する様子もなくじっと見返してくる。

「これはコピー。あとで確認しておいて欲しい。これ以外にもあるのなら、正直に述べて」

「それを」と佐原田が乾いた声で尋ねる。「それをどうするんだ」

マリエは佐原田を見つめながら、大きく息を吸った。

「もちろん、監察室に提出します」と息を吐き出すように告げた。

微かに頭を揺らしたのは、頷いたということだろうか。マリエは静かに背を向け、野添に出ようと合図する。ドアに手をかけたところで佐原田がいった。良く聞こえなかったので、マリエは近くまで戻り、「なに？」と訊き直す。

「思い出したんだ」

「なにを？」

「君が椎名と話していただろ。仕事をずっと続け、頑張って上がれるところまで上がろう、そしていつか署長になろうって。そういっていたことを思い出したんだ」

「今？」

「いや、入院して眠れずにいたあいだ、ずっと昔のことばかり考えていた」

「そう」

「あのときの君と椎名は、酔った勢いで気炎を吐いていたんじゃなかったんだな」

「ええ。わたし達は本気で目指していた。わたしは今も本気よ」

だから、こんなことでしくじるわけにはいかない。同期のために、過去に好意を抱いた男のために踏み誤るわけにはいかない。

上に行けば行くほど、歩く道は険しくなる。障害が増えるとか、落とし穴があるというのではない。階級を上げればそれだけ部下が増える。様々な考え方を持つ部下に対して、なにひとつ恥じることのない矜持と説得力を持つ人物にならなくてはいけない。目指す道はいっそう白く、清廉なものとなるから険しいのだ。

所轄の長となれば、そんな道を一人で歩くことになる。

誰もいない。上司もいないが同僚もいない。同期もいない。孤独になって進む道なのだ。

それでも歩きたいと思っている。

野添がドアを開け、マリエは挨拶もせずに廊下へ出た。

再び、階段を下りて記者らの目を逃れ、車に乗り込む。

バックミラーに映る白い建物を見ながら、マリエはスマホを取り出して呼び出した。

「監察室に繋いでください」

珍しく三苦が疲れた顔を見せる。

さすがに連日の取り調べとなると骨が折れるだろう。マリエは三苦のいるテーブルに近づいて、自販機で買ったコーヒーの紙コップを差し出した。指で右目を擦りながら、礼をいって手に取った。

「三苦さん」

「はい」

「今さらなんだけど、ひとつだけ確認しておきたいことがある」

三苦が書類を繰る手を止めて、マリエを見上げる。

「撃たれそうになったとき、野添さんがわたしを庇ったわね」

「それが？」

「防弾チョッキを身に着けているといっても、あれは無謀だった。もしかして、あなたの指図？　いいえ、別に責めるつもりで訊いているのじゃないのよ」

笑い声が聞こえた気がした。マリエは思わず周囲に視線を走らせる。よもや三苦が笑ったとは思わなかったのだ。だが、おかしそうに肩を揺する姿を見て啞然とした。哲学者三苦も笑うのだ。

「管理官、わたしはなにも指示していません。あれは野添の考え――いや、あいつの場合、ほとんど本能ですよ」

「はい？」

「秋田犬は主人を守るためなら、なんでもしますからね」

「へ、へええ」

マリエはコップを口元に持っていき、そのままの格好で窓に寄る。唇が弛みかけたのを三苦に見られまいと思ったのだ。

外はすっかり夜の闇に覆われており、窓にマリエや三苦、数人の刑事の姿が映る。目を凝らすと、闇のなかにも山や樹々の影が色濃く見えた。すぐ近くで鳥かなにかが、ひと声啼いた。

マリエは耳を澄ませてなんの声か確かめようと思ったが、それきり二度と聞こえなかった。紙コップのコーヒーをひと口飲み、よし、と呟いて振り返る。

「三苫さん、残りの調書をください。今夜中に終わらせましょう」

本書は、ハルキ文庫の書き下ろし作品です。

ハルキ文庫

使嗾犯（しそうはん） 捜査一課女管理官（そうさいっかおんなかんりかん）

著者 松嶋智左（まつしまちさ）

2024年 7月18日第一刷発行

発行者 角川春樹

発行所 株式会社角川春樹事務所
〒102-0074 東京都千代田区九段南2-1-30 イタリア文化会館

電話 03(3263)5247(編集)
03(3263)5881(営業)

印刷・製本 中央精版印刷株式会社

フォーマット・デザイン 芦澤泰偉
表紙イラストレーション 門坂 流

ISBN978-4-7584-4655-6 C0193 ©2024 Matsushima Chisa Printed in Japan
http://www.kadokawaharuki.co.jp/［営業］
fanmail@kadokawaharuki.co.jp［編集］ ご意見・ご感想をお寄せください。